AF302523

Peter Zimmermann

Alisya-2060
Das Manifest

Roman

Bibliografische Information der Deutschen Nationalbibliothek:
Die Deutsche Nationalbibliothek verzeichnet diese Publikation in
der Deutschen Nationalbibliografie; detaillierte bibliografische Daten sind im Internet über http://dnb.dnb.de abrufbar.

© 2019 Zimmermann, Peter
Herstellung und Verlag: BoD – Books on Demand,
Norderstedt
ISBN: 9783749465118

Vorwort zu ALISYA

Dieser Roman ist eine aktualisierte und gekürzte Ausgabe von *Alisya UNSTERBLICH* mit dem Schwerpunkt auf die gesellschaftspolitische Entwicklung (Klima, Ressourcen, Geldwirtschaft, Friedenspolitik) bis zum Jahr 2060. Neue Erkenntnisse haben mich bewegt der Leserschaft diesen Auszug aus dem Hauptwerk zur Verfügung zu stellen. Der Text basiert auf einer „wahren" Erzählung von Alisya, der zentralen Figur in diesem Roman.

Alisya hat als *Seherin* und *Zeitreisende* sicherlich besondere, über unseren Verstand hinausragende Fähigkeiten. Ihre Berichte und ihre Eingebungen über die Entwicklungen der Menschheit auf diesem Planeten in den nächsten Jahrzehnten scheinen für Skeptiker durchaus unglaubwürdig und erfunden zu sein ... Das Zukunftsszenario, welches Alisya „beschreibt", ist jedoch sehr beeindruckend und auch nachvollziehbar. Die Wissenschaft der Zukunft (Science-Fiction?) ist nicht mehr Wissenschaft der Zukunft – so kann durchaus pointiert formuliert werden.

Alisya bekommt durch ihre Begabung auf ihren Zeitreisen in die Zukunft auch Einsichten über die wirtschaftliche und gesellschaftspolitische Entwicklung der Menschheit in diesem Jahrhundert bis zum Jahr 2060. Spannende Entwicklungsszenarien und Erkenntnisse werden die Fantasie der LeserInnen anregen und gegebenenfalls für Verwunderung und Diskussionen sorgen. Ein radikaler Wechsel im Zusammenleben der Menschheit wird durch Be-

wusstseinserweiterung einerseits und die radikale
Digitalisierung andererseits noch in diesem Jahrhundert eingeleitet. Unseren Kindern und Enkeln
offenbart sich letzten „Endes“ ein neues, ein
menschlicheres Weltbild. Der Weg dorthin war
mühsam und wurde nicht ohne tiefgreifende Veränderungen und großem Heilungsschmerz erreicht.
Eine spannende Geschichte, eine „Vision“ der zu-
künftigen sozio-ökonomisch-kulturellen Entwicklung der Menschheit darf erwartet werden.

Dr. Lucia Vendetti

Der Autor und der Verlag haften nicht für Beeinträchtigungen und Reaktionen jeglicher Art, die aus dem „Studium" der folgenden Lektüre entstehen. Jedoch würde sich der Autor freuen, wenn der Roman eine wenig dazu beiträgt, um den drohenden Kollaps unseres Planeten zu verhindern!

IRGENDWIE war ich anders! Es begann schon im frühen Kindesalter, so gegen Ende des letzten Jahrtausends. Ich konnte schon als kleines Mädchen mit fünf, sechs Jahren Ereignisse vorausahnen. Wie ein Seismograph erspürte ich nicht „nur" Bedrohliches. Anfangs litt ich sehr darunter, denn niemand wollte mir glauben. Alles Behauptungen, alles Zufälle, wurde mir versichert. Ich wusste zum Beispiel genau, wann meine geliebte Großmutter sterben würde, auch vom Autounfall unserer Nachbarin, Frau Rottmann, oder über die Terroranschläge im Jahr 2016 in Paris und in Belgien oder von den Hurrikans 2017 oder von der Feuerkatastrophe Notre-Dame im Jahr 2019 habe ich im Voraus „geträumt". Ich oder besser mein Bewusstsein war bei diesen Ereignissen präsent. „Versündige dich nicht, rede nicht so einen Unsinn", sagte meine Mutter dann immer zu mir. Deshalb schwieg ich in Folge und sprach nie wieder in Gegenwart meiner Mutter von meinen „Vorahnungen".

Nun aber, im Jahr 2019 möchte ich berichten, was in diesem Jahrhundert der Menschheit noch bevorsteht, ja, ich möchte die wesentlichen Entwicklungen, welche die Welt in den nächsten Jahrzehnten revolutionieren werden, öffentlich machen.

Die Ereignisse und die Entwicklungen der Menschheit, die gesamten gesellschaftspolitischen Veränderungen werden überwältigend sein – sehr aufregend!

Ich muss alles dokumentieren, ich bin eine zwanghafte Schreiberin, nicht nur weil ich natürlich weiß, dass es einmal veröffentlicht werden muss –

nein, auch in der Hoffnung, dass diese Zeilen ein Umdenken auf diesem Planeten einleiten. Sehnlichst wünsche ich mir, dass die Menschheit auf Grund meiner „Erfahrungen" und Erkenntnisse den Lauf der Geschichte verändert, um noch schlimmere Katastrophen zu verhindern. Denn vieles, was in den nächsten Jahrzehnten passieren wird, geschieht einfach nur aus Unwissenheit und blankem Egoismus. Ich bin jetzt fast fünfundzwanzig Jahre jung und blättere in meinem digitalen Tagebuch, alles Aufzeichnungen aus meinen Zeitreisen und Klarträumen. Gleichzeitig werden auf unserem Planeten an die 30 Kriege geführt, die Hungersnot für Millionen Menschen wird zum Großteil von Menschenhand verursacht, Millionen haben keine ausreichende Gesundheitsversorgung, zu wenig Wasser und verdursten. Ja, das ist die andere Seite. Deshalb möchte ich über einige Überlebensstrategien der Menschheit berichten. Ja, diese Erfahrungen möchte ich allen Interessierten zur Verfügung stellen.

WIEDER war ich nachts aufgewacht. Das Jucken an Armen, Beinen, Bauch und Hüften hatte mich aus dem Schlaf gerissen, es nervte. Ich wollte Mama nicht wecken – zu spät, sie war natürlich aufgewacht, sie war immer gleich wach, wenn es mir nicht gut ging, wie das funktionierte, wusste ich natürlich, Mama allerdings nicht. Sie hatte aber auch eine gute Geschichte dafür: „Ich träume von dir, liebste Alisya", sagte sie dann immer, während sie ihre Hand über mein schulterlanges schwarzes Haar gleiten ließ. In gewisser Weise hatte sie Recht. Na gut, egal – sie hatte wie immer die Salbe dabei und begann mich einzucremen, danach wurde es ein wenig besser. Der Arzt sagte, es wäre etwas mit den Nerven, er könne keine Ursache für die allergische Hautreaktion finden. Ich mochte ihn nicht und auch nicht die vielen Tests, die ich machen musste. Die Pillen, die er mir gegeben hatte, machten mich nur müde, einmal war ich sogar in der Schule eingeschlafen. Ich hätte die Krätze, schimpften meine Schulfreundinnen und eine Streberin wäre ich auch, was einfach gelogen war. Vielleicht war ich einfach nicht so blöd wie die alle. *„Ich wünsche euch die Krätze"*, dachte ich mir, lieber hätte ich es in ihr blödes Grinsen geschrien, hatte aber nicht den Mut dazu gehabt! Deshalb blieb ich immer öfter zu Hause und lernte aus den Büchern oder aus dem Internet, das fiel mir ohnehin leichter, außerdem hatte ich da meine Ruhe. Die fünfte Klasse durfte ich überspringen; trotzdem, ich wollte nichts versäumen. Die sechste Klasse Realschule war schon ganz schön schwer zu verdauen, vor allem wenn man null

Bock drauf hatte! Mehr als einmal fragte ich mich, wieso man immer noch so viel Schrott auswendig lernen musste. Hallo, es gab Internet, Wikipedia, aber manche Lehrer waren echt retro! Leider futterte ich beim Lernen zuhause zu viele Chips, sagte Mama. Mama hatte mich von einem Arzt zum anderen geschleppt, nichts hatte geholfen. Sie hatte mir gestern versprochen, dass wir zu einer anderen Frau Doktor gehen würden, einer „Wunderheilerin", hatte sie gesagt. Eine Freundin habe ihr diese empfohlen. Ich wusste natürlich, dass diese „Wunderheilerin", wie Mama sagte, Frau Dr. Vendetti sein würde – endlich! Nur, sie ist keine „Wunderheilerin", sondern eine Frau, die geistiges Heilen praktiziert. Sie würde mir jedoch sicher helfen, meine Leukämie – das war wahrscheinlich meine Krankheit – zu heilen. Ich wagte bis jetzt nicht, Mama von meiner Krankheit zu erzählen, ich hatte Angst, sie brächte mich sonst noch in die Klapse. Und der Doktor vom Allergieambulatorium war zu blöd, um mein Blut auf Leukämie zu testen. Hätte ich ihm das sagen sollen? Ich war mir doch auch nicht sicher. Sehr wohl konnte ich mich jedoch erinnern, eine Botschaft von meinem „Schutzengel" bekommen zu haben: „Dein Blut ist sehr krank, aber keine Angst, du wirst geheilt", hatte er gesagt. Ich hatte dann gegoogelt und war auf Leukämie gekommen. Ja, das war es, ganz sicher war ich natürlich nicht. Die Empfehlung von Mamas Freundin, die Sache mit der „Wunderheilerin", war sicher auch vom Schutzengel in die Wege geleitet worden. So

waren Mutter und ich zur „Wunderheilerin“ gegangen.

15

DR. VENDETTI ist gebürtige Italienerin, sie lebt aber schon seit vielen Jahren in Wien, hatte sie uns gleich erzählt. Sie war sehr freundlich, wirkte auch sehr sympathisch auf mich ... Frau Vendetti nahm so eine Art Metallgriff in ihre Hand, in diesem Griff steckte ein langer schwingender Draht, an dessen Spitze ein metallener Ring angebracht war. Sie fragte mich alle Lebensmittel ab, die ich gerne essen würde, wobei der Metallring immer wieder zu schwingen begann, mal in die eine Richtung, mal in die andere Richtung. Mir wurde das zu blöd. Ich nahm dann allen Mut zusammen und sagte: „Ich habe Leukämie. Bitte glauben Sie mir, ich weiß das einfach und ich weiß auch, sie werden mich gesund machen."

„So, das alles weißt du also?", fragte Frau Doktor Vendetti erstaunt und lächelte sehr freundlich.

„Alisya redet oft so einen Unsinn, Frau Doktor, nehmen Sie das nicht ernst", sagte typischerweise darauf meine Mutter.

„Na, dann werden wir mal sehen, ob die junge Dame vielleicht doch Recht hat", konterte Frau Dr. Vendetti, wieder mit einem Lächeln. Sie nahm erneut ihren schwingenden Draht in die Hand, murmelte ein paar Worte und der Metallring begann waagrecht hin und her zu schwingen. „Ja, die junge Dame spricht leider die Wahrheit", sagte sie mit Blick zu meiner Mutter, die erbleichte und ihren Mund nicht zubekam. „Nur keine Panik, gnädige Frau, als Nächstes suchen wir die Ursache der Erkrankung. Wissen Sie, wenn das Blut, unser Lebenssaft, so gestört ist, dann muss es einen wichtigen Grund, einen Auslöser geben, mit dem die Seele zurzeit nicht fertig wird. Über den Körper hat die Seele ja schon aufgeschrien. Wir werden jetzt versuchen, der Seele bewusst zu machen, wo die Ursache liegt, damit das Blut von der Disharmonie wieder in die Harmonie kommt. Wir schauen uns jetzt mal das Lebensskript an, dann sehen wir gleich, wann der Schock passiert ist. Und: Es war mit Sicherheit ein Schock, den ihre Tochter erlebte. Ich mache jetzt eine bioenergetische Messung.“

Dann nahm Frau Dr. Vendetti wieder ihren Draht, steckte ein Kabel in den Haltegriff, das andere Ende hielt sie mit der einen Hand über meinen Kopf an meinen Scheitel an, mit der anderen Hand hielt sie wieder den schwingenden Draht. „Ja“, sagte sie dann mit Überzeugung, „zwischen dem sechsten und achten Lebensjahr muss der Schock passiert sein. So, Alisya, kannst du – ich darf doch du sagen? – kannst du dich an ein schmerzhaftes Ereignis in diesem Zeitraum erinnern, was ist damals passiert?“

Ich schaute zuerst etwas verlegen zu meiner Mutter, dann zu Frau Dr. Vendetti und stammelte mit fragendem Blick und sehr angespannter Miene: „Mama, ich will ... kann ich ... mit Ihnen alleine sprechen, Frau Doktor?“

Ich merkte, wie nicht nur mir heiß wurde; Mutter lief mit steifer Miene und rotem Kopf zur Tür hinaus ins Wartezimmer.

„Also ... wie soll ich? ... Es war ... muss ich das jetzt sagen?“

„Es bleibt alles unter uns, heiliges Versprechen, Alisya!"...

„Na gut ... kurz vor meinem siebenten Geburtstag ... es war ... ich war mit Vater alleine, Mutter hatte Nachtdienst ... da hat sich mein betrunkener Vater sehr weh getan, mehr möchte ich nicht sagen. Frau Dr. Vendetti nahm behutsam meine Hand und sagte sehr einfühlsam: „Das war sicher sehr schlimm für dich ... aber jetzt auch sehr tapfer von dir, darüber zu sprechen. Lass dir Zeit, lass die Tränen ruhig laufen ... Alisya, das war ein ganz, ganz wichtiger Schritt ... großer Respekt! Alisya, keine Angst, ich bin guter Dinge, wir beide schaffen das, was meinst du? Wir werden uns bemühen, dich von dem belastenden Erlebnis zu erlösen und dein Blut wieder heil machen. Wollen wir das tun? Glaubst du an Wunder?"

Ich nickte nur, ich wusste ja, dass es klappen würde. Frau Dr. Vendetti legte dann die eine Hand auf meinen Kopf und die andere auf meinen oberen Rücken, dabei murmelte sie vor sich hin. Ich verstand nur Bruchstücke wie: „Übergeben ... Engel ... befreien ... höchste Ordnung ... Heilung soll geschehen ...", oder so ähnlich. Das Ganze dauerte, ich weiß gar nicht wie lange, vielleicht eine Viertelstunde oder so.

Danach und auch schon während sie sprach, lief ein wohliger Schauer durch meinen Körper und mir wurde sehr heiß. Frau Dr. Vendetti stand ebenfalls der Schweiß auf der Stirn.

„Wie fühlst du dich jetzt, Alisya?", fragte sie mich, während sie mit einem Taschentuch ihre Stirn trocknete. Ich konnte es gar nicht so richtig beschreiben, es war ein Glücksgefühl, Gänsehaut am ganzen Körper, ich verspürte eine Erleichterung, wie ich sie nie zuvor verspürt hatte – ich lachte sie einfach an und umarmte sie. „Ich wusste es, ich wusste es, jetzt holen wir Mutter rein“, schrie ich vor Freude.

Mutter war so überrascht, so stumm hatte ich sie noch nie erlebt. Frau Dr. Vendetti meinte, wir sollten nach ein paar Wochen noch einen Bluttest bei einem Arzt machen, zur Sicherheit. Zum Abschied fragte sie nach, ob mein Vater noch im gemeinsamen Haushalt lebte.

„Nein, schon lange nicht mehr!“, antwortete ich erleichtert. Mutter sah mich erstaunt an, vielleicht zog sie ihre Schlüsse daraus? Sie fragte aber nicht nach.

Der Bluttest, den wir einige Zeit später durchführen ließen, war negativ, was sonst!! Jahre danach wusste ich: Ich wollte als Wissenschaftsjournalistin berichten, bei meinem Wissensdrang und Schreibzwang konnte das nur eine logische Konsequenz sein – das wusste ich natürlich damals schon. Bevor ich so weit war, musste ich aber noch einige Studien absolvieren. Ich musste einfach wissen, wie das alles zusammenhing, meine Vorahnungen, meine Zeitreisen, meine Heilung, diese Details wurden mir von meinen Engeln oder Geistwesen, oder was auch immer sie sind, noch nicht verraten. Deshalb stellte sich für mich die Frage: Was kann ich hier im realen Leben, im Wachbewusstsein, noch lernen? Als Erstes wollte ich Bewusstseinsforschung und

Spiritualität studieren, dieses Fach würde man zwar erst ab 2025 auf der Uni Wien studieren können, aber was soll's, dachte ich, ich habe ja noch etwas Zeit. Danach würde ich mich für Wirtschafts- und Zukunftsforschung interessieren, das würde ich brauchen, um die Zusammenhänge besser verstehen zu können.

Es war nämlich so: Ich bekam oft sehr detaillierte Vorahnungen bei meinen Reisen, wenn ich meinen Körper verließ. Oft waren es aber auch nur so komische Bilder von Ereignissen; ich konnte sie aber in dem Moment nicht richtig verstehen. Ich wusste manchmal nicht, was das Zeug alles sollte, ich war verwirrt. Mit der Zeit wurden diese Erlebnisse auf meinen Reisen aber immer klarer und ich checkte schön langsam, was da abging, echt cool!

Ich merkte, ich hatte seit einiger Zeit auch Klarträume. Das sind Träume, die halb bewusst, halb unbewusst ablaufen, und das Besondere daran war: Ich konnte den Traumablauf manipulieren; ich sprach auch, während ich auf „Traumreisen" war und dabei Außerkörperliche Erfahrungen[1] (AKE) hatte.

---

[1] „AKE haben eine unterschiedliche Zeitdauer und Intensität außerhalb eines Gefühls für Raum und Zeit. Das Bewusstsein trennt sich vom Körper. Dabei wird diese Loslösung vom Körper wahrgenommen, ein schwereloses Schweben und Dahingleiten, Unsichtbarkeit und veränderte Wahrnehmungszustände durch eine „360°-Rundumsicht" aber keinerlei körperliches Fühlen, dafür müheloses Durchschreiten von Türen oder der Zimmerdecke. Auch von zeitlosem Reisen an beliebige Orte (Astralreisen) wird berichtet. Das AKE-Phänomen tritt in Schlafphasen oder bei der Meditation auf, auch in Todesnähe (Nahtod-Erfahrung) oder bei außergewöhnlichen Bewusstseins-

zuständen, beispielsweise unter Hypnose. Es gibt Schätzungen, dass etwa 8–15 Prozent der Weltbevölkerung schon einmal in ihrem Leben eine entsprechende Erfahrung gemacht haben. AKE-Erlebnisse sind nachgewiesen und gut dokumentiert.

ICH WOHNE jetzt in der Buchfeldgasse, im achten Wiener Bezirk. Meditationen gehören zu meinen täglichen Ritualen. Sie entspannen und inspirieren mich. Ich fühle mich, nicht zuletzt auf Grund meiner Begabungen, einem spirituellen Weltbild verbunden, gehöre aber keiner Religionsgemeinschaft an. Meine AKEs beginnen meist bei meiner Morgenmeditation … Ja, nach vielen Wiederholungen dieser Meditation ist es dann passiert, ich bin tiefer und immer tiefer in meinem Bewusstsein versunken. Unklare, meist farblose Bilder, verschlungene Wege begleiten mich auf dieser Reise durch Raum und Zeit. Ganz plötzlich, wie aus dem Nichts kommen dann diese Begegnungen der besonderen Art.

Ich wusste einfach wie, wann, was geschehen wird und wo es geschehen wird. Ich, oder besser mein Bewusstsein, konnte sich an jeden beliebigen Ort „beamen", anders kann ich es nicht ausdrücken. Ich habe aber, wie schon erwähnt, diese Fähigkeit verdrängt, niemand wollte mir, als ich noch Kind war, Glauben schenken. Ich dachte: Vielleicht werde ich noch verrückt, ich lasse es lieber bleiben. Nach meinen Recherchen, das weiß ich heute, nennt man das auch astrale Zeitreisen, eine außersinnliche Wahrnehmung über Ereignisse der Zukunft. Ich dachte immer und immer wieder, dass es wichtig sei, all diese „Reiseberichte" niederzuschreiben. Es sollten doch alle Menschen wissen, was mit dieser Welt in den nächsten Jahrzehnten geschieht. Später fragte ich mich dann wieder, ob das wirklich so klug sei, ob es vielleicht besser wäre, alles für mich zu behalten. Was würde ich mit meinen Erkenntnissen auslösen, welche Ängste, welche Umbrüche in der Gesellschaft provozieren? Würde ich als Verrückte aus der Gesellschaft ausgegrenzt? Vielleicht als Geisteskranke oder als „Nostradamus der Neuzeit" abgestempelt? Ein echter Konflikt baute sich in mir auf! Letztendlich entschloss ich mich dann doch nach Rücksprache mit Frau Dr. Vendetti, meiner Therapeutin, über all meine Eingebungen anonym zu berichten, denn glauben wird man mir meine Zeitreisen und Wunderheilungen ohnehin nicht – oder vielleicht doch? Ein fantastischer Ausflug in diese „Zukunft" kann nun beginnen.

„Reisen" Sie mit mir, liebe Leserin, lieber Leser, ein Abenteuer der besonderen Art erwartet Sie.

ICH MACHE wieder meine täglichen Morgenmeditationen, sie entspannen mich so wunderbar. Dabei ist mir klar geworden, dass ich immer tiefer in das Unbewusste versinken muss, um mich der Wahrheit öffnen zu können. Aus mir noch unerklärlichen Gründen kann ich mich immer an alle Details meiner Zeitreisen erinnern, ich nenne es TTM – Time Travel Memory, so als würde ich einen Erinnerungsspeicher[2] aktivieren:

... Ich schließe meine Augen,

... im Hintergrund tönt leise meditative Musik,

... ich atme tief ein und langsam aus,

... mit jedem Atemzug sinkt mein Bewusstsein immer tiefer,

... tiefer ... und tiefer ...

... keine Zukunft, keine Vergangenheit,

... nur grenzenlose Bewusstheit,

... da ist sie wieder, diese Stille, diese Vertrautheit,

... das Schaukeln meiner Seele im leeren Raum,

... dieses wunderbare Leuchten, so weit, so nah,

... nur beobachten ...

... dieser herrliche Frieden, Loslassen von allen Gedanken

... nur im Jetzt sein,

---

[2] Erinnerungsspeicher: Alisya war es möglich, eine Art Arbeitsspeicher (TTM) in ihrem Bewusstsein zu aktivieren, um auf ihren Trancereisen nach ihrer Rückkehr Erlebtes abrufen zu können. Die Existenz des TTM wurde in der Zwischenzeit auch von NeurowissenschafterInnen bestätigt. Es wurde in der Nähe des Hippocamps lokalisiert.

... hier bin ich sicher, hier bin ich frei,
... ein friedvolles Gefühl,
... Was geschieht mit mir? ... Wer bin ich? ... Wo bin ich?
... kein Ich, kein Körper, kein Raum,
... keine Zeit, nichts Greifbares und doch alles so klar,
... Leere und Fülle,

... nur Wahrheit und schöpferische Weisheit,
... die Geburt der Wirklichkeit,
... nur Ganzheit, kein Außen, keine Grenzen,
... ewiges Licht ... Geschichten, die erzählen ...
... Illusionen, die verschwinden ...
... nur Stille und Bilder im Jetzt ...

Zeit hat keine Bedeutung mehr im ewigen Jetzt. Grenzenlose Räume öffnen sich vor mir, begleitet vom Gefühl der Gleichmütigkeit und Friedfertigkeit. Die absolute Wirklichkeit saugt mich auf, hin zum Urgrund der Existenz, begleitet von Liebe und Weisheit. Worte können nur bedingt den Übergang in eine Zeitreise[3] beschreiben. Ich fühle – kurz be-

---

[3] Zeitreisen zählen zu den außerkörperlichen Erfahrungen (AKE) und wurden schon in uralten Kulturen praktiziert. Bei einer astralen Zeitreise schwebt man über dem Körper, indem der feinstoffliche Bewusstseinsteil oder die Seele dem grobstofflichen Körper entschwebt. Man sieht sich selbst und fühlt sich schwerelos, da die Anziehungskraft der Erde keine Wirkung auf die Seele hat. Man kann fliegen, durch Wände schreiten oder einen 360-Grad-Rundum-Blick genießen. Man befindet sich während dieser Reise in seinem Astralkörper. Neurowissenschaftler versuchten ansatzweise dieses Ereignis zu erklären: Schaffen es Meditierende, ihr Gehirn so zu beeinflussen,

vor ich auf die Reise gehe – so ein Vibrieren im ganzen Körper, ein sehr angenehmes Kribbeln breitet sich auf der gesamten Hautoberfläche aus. Das ist für mich das Signal … ich stelle mir vor, immer leichter zu werden, und beginne langsam zu schweben. Zuerst bis an die Zimmerdecke, dann zum Fenster, ich greife durch die Scheibe, spüre dabei keinen Widerstand. Raum und Zeit scheinen tatsächlich aufgehoben. Vollkommen losgelöst kann ich diesen herrlich schwebenden Zustand genießen. Mit einem Lächeln fliege ich durch die Straßen Wiens und beobachte das Geschehen unter mir aus der Vogelperspektive. Das letzte Mal war es noch sehr früh morgens, kaum Verkehr auf der Ringstraße, links das Rathaus, rechts das Burgtheater; ich bog hoch über der Votivkirche in die Währinger Straße ein, nahm sehr rasant Tempo auf, was für ein herrliches Gefühl … Fliegen oder Schweben funktioniert nicht immer, es kommt vor, dass ich noch während der Meditation an einem bestimmten Ort zu einer bestimmten Zeit lande, wie auf Knopfdruck.

<hr>

dass es bestimmte Wellen (z. B. im Theta-Bereich) produziert, die für Zeitreisen notwendig sind, kann es durchaus vorkommen, dass eine außerkörperliche Erfahrung (AKE) wahrgenommen wird. Der Thalamus im Gehirn verhindert dann die Aktivierung des Neo-Cortex (Einschalten des Alltagsbewusstseins).

ICH SITZE wieder in meiner Wohnung in der Buchfeldgasse, den ganzen Tag schon kreisen meine Gedanken um die Themen Umweltpolitik, soziokulturelle Entwicklungen, Ökonomie, Klimawandel ... Welchen Weg wird die Menschheit wählen? Ich beschließe zu meditieren, um wieder zur Ruhe zu kommen, um neue Erkenntnisse auf tieferen Bewusstseinsebenen zu gewinnen ... und hoffe auf eine interessante Begegnung.

... Ich schließe meine Augen,

... im Hintergrund tönt leise meditative Musik,

... ich atme tief ein und langsam aus,

... mit jedem Atemzug sinkt mein Bewusstsein immer tiefer,

... tiefer ... und tiefer ...

... keine Zukunft, keine Vergangenheit,

... nur grenzenlose Bewusstheit,

... da ist sie wieder, diese Stille, diese Vertrautheit,

... das Schaukeln meiner Seele im leeren Raum,

... dieses wunderbare Leuchten, so weit, so nah,

... nur beobachten ...

... dieser herrliche Frieden, Loslassen von allen Gedanken

... nur im Jetzt sein,

... hier bin ich sicher, hier bin ich frei,

... ein friedvolles Gefühl,

... Was geschieht mit mir? ... Wer bin ich? ... Wo bin ich?

... kein Ich, kein Körper, kein Raum,

*... keine Zeit, nichts Greifbares und doch alles so
klar,*
... Leere und Fülle,

... nur Wahrheit und schöpferische Weisheit,
... die Geburt der Wirklichkeit,
... nur Ganzheit, kein Außen, keine Grenzen,
... ewiges Licht ... Geschichten, die erzählen
... Illusionen, die verschwinden ...
... nur Stille und Bilder im Jetzt ...

Ich befinde mich im Arbeitszimmer von Frau Professorin Maureen McKenzee[4]... Sie ist eine der bedeutendsten Ökonominnen und Zukunftsforscherinnen. Frau McKenzee und ich treffen einander in den USA, Columbia University. Sie unterrichtet, trotz ihres betagten Alters, immer noch an mehreren amerikanischen Universitäten zum Thema: „Die Entwicklung der ökonomischen, ökologischen und sozialen Welt". Prof. McKenzee verweilt oft in Europa, da sie auch in Brüssel den Regierungsspitzen vieler europäischer Staaten in Zukunftsfragen beratend zur Seite steht. Dieses Interview erfolgte in englischer Sprache, da Frau McKenzee in den USA geboren wurde und dort auch lebt. Beim Abhören des Interviews war ich erstaunt über mein perfektes Englisch bei dieser Zeitreise. Ich musste danach sogar jemanden vom Anglistikinstitut bitten, mir beim

---

[4] Alisya konnte sich des Eindrucks nicht erwehren, dass sie dieser Frau auch schon in ihrem realen Leben begegnet war, wusste aber nicht wo und wann dies der Fall gewesen wäre.

Übersetzen behilflich zu sein. Nach dem „Smalltalk" über meine Anreise als zeitreisendes Medium war Frau McKenzee etwas erstaunt. Ich hatte den Eindruck, dass sie der Sache nicht ganz traute, und so begann ich gleich mit einer Erklärung und meiner ersten Frage:

„Frau Professorin McKenzee, es ist keine Täuschung, ich komme tatsächlich aus dem Jahr 2019 und bin angehende Wissenschaftsjournalistin aus Wien. Warum ich bei Ihnen gelandet bin? Ich kann es Ihnen nicht sagen, ich hatte nur den Wunsch mit jemandem Kompetenten aus der Zukunft über die soziale, ökonomische und ökologische Entwicklung dieses Planeten zu sprechen. Ich konnte schon als Kind Botschaften aus der Zukunft empfangen. Anscheinend eine besondere Fähigkeit. Ich kann Sie nur bitten, mir zu vertrauen. Ich muss einfach wissen, was auf mich, also auf uns Menschen wartet. Viele von uns machen sich große Sorgen über unsere Zukunft. Wie entwickelt sich dieser Planet bis heute, ich sehe auf Ihren Kalender das Jahr 2060. Wir haben doch das Jahr 2060? Immerhin, es existiert zumindest ein Teil der Erde noch, wie ich sehe. Oder täusche ich mich? Darf ich Ihnen als Einleitung gleich eine erste Frage stellen? Sie brennt mir unter den Nägeln, wenn ich das so formulieren darf: Wie hat sich dieser Planet, beziehungsweise die Menschheit entwickelt?

Oder anders gefragt: Welche Zukunft erwartet uns – und ich spreche jetzt als eine Rei-

sende aus dem Jahr 2019? Bitte, sagen sie einfach Alisya zu mir!"

„Nun, Frau Alisya, schauen Sie: Ob Sie tatsächlich eine Zeitreisende sind oder nicht, das kann ich beim besten Willen nicht beurteilen. Zeitreisen sind ja keine Seltenheit mehr, selbst meine Tochter erzählt mir von ihren Ausflügen in andere Welten, ich habe diese Fähigkeit nie erlernt, die irdischen Probleme haben mich und werden mich auch in Zukunft noch sehr beschäftigen. Wissen Sie, Frau Alisya, in meinem Büro tauchen oft die kuriosesten Figuren auf. Realität und Fiktion wird ja heutzutage immer schwieriger unterscheidbar. Vielleicht sind Sie auch nur eine Journalistin von CNN, die hier zu einem billigen Interview kommen will. Wie auch immer, ich will Ihnen glauben. Wenn Sie tatsächlich eine Zeitreisende sind, muss ich gestehen, dann hat das Ganze einen gewissen Reiz! Außerdem trifft es sich ganz gut, wenn ich eine Rückschau halte, ich schreibe gerade an meiner Biografie im Kontext zur gesellschaftspolitischen Entwicklung, müssen Sie wissen."

Eine sehr elegante Dame, so mein erster Eindruck. Ihr dichtes silbergraues Haar fällt bis zu ihren Schultern und passt gut zu dem kaminroten Kostüm. Auffallend ist, dass kaum Gesichtsfalten zu sehen sind, selbst wenn sie lächelt, was sie übrigens besonders sympathisch erscheinen lässt. Wie auch immer, sie gefällt mir, ich mag sie!

„Ich bin schon alt geworden, habe vieles erlebt, das sollte der Nachwelt erhalten bleiben. Wir haben heute – ich weiß jetzt nicht, ob Sie Kenntnis darüber haben – die Möglichkeit unser Leben auf unbestimmte Zeit zu verlängern: ich halte nichts davon, ich lasse mir keine Mikro-Computer in die Blutbahn schießen, dass nur so nebenbei! Der Transhumanismus hat Einzug gehalten. Unsterblichkeit als Geschäftsmodell für den pathologischen Egoismus, bin ich fast geneigt zu sagen. Das soll jetzt aber nicht unser Thema sein. Also gut, Alisya, wo auch immer Sie herkommen, dann wollen wir anfangen. Unser Gespräch wird natürlich aufgezeichnet."

„Kein Problem, wenn Sie gestatten, schneide ich ebenfalls mit und werde dann in der Vergangenheit über unsere Zukunft berichten. Aus Ihrer Sicht natürlich über Ihre Vergangenheit. Bitte fangen Sie an, Frau Professor, ich bin schon sehr aufgeregt! Die Urheberrechte bleiben natürlich gewahrt, obwohl ich noch darüber nachdenken muss, wie man Urheberrechte der Zukunft schützen kann?"

„Ich bitte Sie, Urheberrechte, das war gestern, also, in Ihrer Zeit vielleicht noch einklagbar. Heute wissen wir, dass es kein individuelles Urheberrecht geben kann. Alles Wissen ist ja potentiell für jeden zugänglich. Im universellen Quantenhologramm oder in der unbegrenzten Bewusstheit ist alles abrufbar. Natürlich hat das ein Umdenken in der wissenschaftlichen Welt eingeleitet, es begann so vor zwanzig Jahren, denke ich. Patentrechte auf Erfindungen wurden da obsolet. Genauer betrachtet müsste man sagen, Patentrechte auf Entdeckungen, denn was schon vorhanden ist, kann man nur noch entdecken. Sie können nichts mehr neu erfinden. Großkonzerne, Forschungs-institute, ja auch Literaten, Künstler wurden zu ‚Leidtragenden'. Unsere Gehirne sind ‚nur' mehr Empfänger und Verarbeiter von Informationen. Alles ist ja schon da, man braucht nur mehr die richtigen Zugänge zu den Informationen. Daraus entsteht aber kein Besitzrecht – darüber will ich Ihnen später gerne noch mehr erzählen, wenn wir über die geldlose Gesellschaft sprechen. Sie kommen aus Wien, da kennen Sie doch sicher Professor Wegenstein, der kann Ihnen Genaueres über das Quantenhologramm berichten.“

„Ja, ja, der Professor Wegenstein, *stotterte ich, um mir keine Blöße geben zu müssen,* **kenne ich natürlich, ich bin in seinen Vorlesungen. Wie geht es jetzt weiter mit unserem Planeten?“**

„Nun da muss ich ein wenig ausholen: Unsere Welt, so wie sie die Menschheit gestaltet und verunstaltet hat, muss ich schon sagen, existierte ja weit hinter ihren Möglichkeiten. Obwohl dieser Planet die Menschheit und alle Lebewesen gut ernähren hätte können, lebte der Großteil der Weltbevölkerung in den letzten Jahrzehnten in Armut. Wie konnte es so weit kommen? ... Wie darf ich Ihnen das erklären? Die Qualität einer Gesellschaft misst man immer noch daran, wie sie mit den Armen, den weniger privilegierten Menschen umgeht. So gesehen haben wir im Westen seit der Aufklärung nichts dazugelernt. Traurig, sehr traurig! Ja, was ist alles passiert in den letzten 40 Jahren? Ich werde Ihnen nicht gleich alles erzählen. Ich kann Ihnen auch nicht sagen: Keine Angst, alles wird gut! Gut, der Reihe nach:

Wieso haben die meisten Menschen seit Beginn des 21. Jahrhunderts die ersten Anzeichen der drohenden Katastrophe[5] übersehen? Oder wollten die Mächtigen, die Verantwortlichen, den katastrophalen Zustand dieses Planeten nicht wahrhaben?

Wie blind macht Gier? Die Finanzkrisen, als Gipfel dieser unermesslichen Gier, die vielen Kriege, die Umweltkatastrophen, sie alle wurden ignoriert; und jene, die das Problem erkannten, hatten anscheinend nicht die Macht, um die Notbremse zu ziehen. Ein kleines Bespiel: Wissen Sie, Alisya, bis 2030 starben weltweit, einer erst kürzlich erhobenen internationalen Studie zufolge, an die 30 Millionen Menschen auf Grund der Luft- und Umweltvergiftung.

Das muss man sich einmal vorstellen: Was wurde da alles jahrzehntelang ignoriert! Allein im Jahr 2028, berichteten die Forscherinnen der WHO, mussten etwa 15 Millionen Menschen weltweit auf

---

[5] „Das ist eine gefährliche Zeit, aber die Gefahr liegt bei uns. Die Menschheit hat die Werkzeuge der Apokalypse erfunden; so kann sie auch die Methoden entwickeln, diese zu kontrollieren und schließlich zu beseitigen. In diesem Jahr können Führer und Bürger der Welt die Weltuntergangsuhr und die Welt von der metaphorischen Mitternacht der globalen Katastrophe wegbewegen, indem sie vernünftig handeln." – Lawrence Krauss, Direktor des Origins Project an der Arizona State University, Stiftungsprofessor an der Abteilung für Erd- und Weltraumforschung und Physik, Arizona State University, und Vorsitzender des Bulletins des Sponsorengremiums der Atomwissenschaftler.

Grund von Schadstoffen in der Luft, Gift im Wasser oder im Boden ihr Leben lassen. Apropos *Wasser*: Wasser wurde so ab 2030 zum neuen *Öl'*, das klare fließende *Gold*, sehr begehrt und hart umkämpft, wie Sie sich vorstellen können. Die Trockenperioden breiteten sich ja immer weiter aus.

Zu Atomkraftwerken wollte ich noch bemerken: allein auf Grund von AKW-Unfällen[6], auch in Europa – in den 20er Jahren waren Millionen Opfer zu beklagen. An den Folgeschäden leiden heute noch Millionen. Die häufigsten Todesursachen waren dabei Schlaganfälle, Herzerkrankungen und Lungenkrebs, um nur einige zu nennen. Nicht überraschend dabei ist, dass die Hälfte der Todesfälle in armen oder aufstrebenden Ländern wie Indien, Pakistan, China, oder Bangladesch zu beklagen waren. Weitere Millionen unserer Mitmenschen waren durch Gewalt, Krieg, und Ausbeutung bedroht. Allein hier bei uns in den USA hatten wir 2025 an die 30 Millionen Drogenabhängige, der Großteil davon durch Heroin. Dadurch stieg die Zahl der Heroin-Toten auf über 10.000 pro Jahr, das waren mehr Tote, als es Morde und Verkehrsunfälle in diesem Land gab. Vor allem die Kombination von Heroin und dem Schmerzmittel Fentanyl hat die Todesrate explosiv erhöht. Fentanyl ist hundertmal stärker als Morphium. Und warum nahmen viele Menschen dieses Teufelszeug? Die Menschen waren einfach

---

[6] Unfälle bei Atomkraftwerken, von undichten Kühlwassersystemen bis zum Supergau (Kernschmelze) ähnlich dem Unglück in Fukushima.

todunglücklich. *The American Way of Life* hatte total versagt, er war reine Illusion. Der Konsumterror machte die Menschen nicht glücklicher, das Gegenteil trat ein.

Wir, die ‚mächtigen USA' sind wieder einmal in einer großen Depression gelandet – haben wir doch gut gemacht. Es war zum Verzweifeln, verzeihen Sie … aber da kann einem schon die Galle hochkommen. Sie kommen ja aus Europa. Wie darf ich Ihnen das erklären? Europa hat, ich glaube es war 2029, richtig gehandelt. Ihr EuropäerInnen habt damals mit allen Staaten, welche die Menschenrechte und somit auch die Abschaffung der Todesstrafe missachteten, die Handelsbeziehungen abgebrochen. Das hat die USA wirtschaftlich sehr hart getroffen, aber es war die richtige Entscheidung. Die Vereinigten Staaten von Amerika standen vor der Bankrotterklärung, zum Teil auch durch den selbstverordneten Protektionismus einer *America will be great again*-Ideologie. Ich weiß natürlich nicht, Alisya, ob sie sich in der Psychopathologie ein wenig auskennen, aber wer mit diesem Bereich vertraut ist, kann feststellen, dass bei vielen Machthabern eine massive narzisstische Persönlichkeitsstörung zu diagnostizieren war. Jemand mit solchen Persönlichkeitsstörungen ist im hohen Maße therapieresistent, deshalb wäre es sehr naiv anzunehmen, dass solche Menschen sich verändern. In der Folge sollte man Menschen mit einer psychopathologischen Indikation nicht an die Macht lassen (wählen), das musste natürlich erst in das Bewusstsein breiterer Bevölkerungsschichten gelangen. Leider

wurde das lange Zeit mangels gesellschaftspoliti-
scher Bildungsinitiativen verabsäumt – warum
wohl?

Zurück zur Bankrotterklärung der USA: Eine
Katastrophe, auch für China – es war ja der größte
Gläubiger der USA. China hatte Billionen Dollar
verloren, wurde aber trotzdem die größte Wirt-
schafts- und Militärmacht des Planeten. Wobei auch
die chinesische Führung den Aufstand der Massen
zu spüren bekam, das nur so nebenbei.

Diese starke ‚Ernüchterung‘ musste ja irgendwie gedämpft werden. Die enttäuschten Menschen
in den USA – und nicht nur in den USA – bekamen
ein riesiges Problem. Die Drogenmafia[7] hatte die
‚Lösung‘. Mit Suchtkranken lassen sich gute Ge-
schäfte machen, denken Sie nur an die Pharmaindustrie, die vielen Reha- und Psychiatrieanstalten.
Wie darf ich Ihnen das erklären? Die Heilsverspre-
chungen des Konsum- und Finanzkapitalismus haben sich ja längst als falsch erwiesen.

Die Hauptverantwortlichen wussten es alle, nur
keiner wollte es zugeben, die Gier und die Korruption sind starke Motive. PolitologInnen, Sozialwis-
senschaftlerInnen und MenschenrechtsaktivistIn-
nen wurden ja nicht ernst genommen. Sie hatten
auch keine Lobby, die sich für sie stark machte –
oder? Diese menschenverachtende Haltung war bis-

---

[7] Die Drogenmafia sind sogenannte Drogenkartelle. Von 2006
bis 2019 forderte der Drogenkrieg weltweit über 500.000 Mordopfer.
Seriösen Schätzungen zufolge wird der Umsatz von illegal verkauften Drogen auf derzeit ca. 500 Milliarden US-Dollar jährlich ge-
schätzt.

lang beispiellos in der Geschichte der Menschheit, seit Beginn der ‚Zivilisation‘[8]. Zivilisation? Wer versteht die Bedeutung dieses Begriffs wirklich? Wissen Sie, Alisya, Zivilisation ist immer auch eine Frage der Perspektive. Selbst in den reichsten Ländern der Welt herrschte noch so um das Jahr 2030 tiefste Armut, Drogensucht, Hunger, Ausbeutung, Barbarei und Ungerechtigkeit. Ich war damals gerade mal über fünfzig Jahre. Meine Kinder wurden junge Erwachsene. Welchen Planeten fanden sie vor? Es war eine schreckliche Zeit für die jungen Menschen – aber auch für uns. Rechte Populisten und autoritäre Systeme nutzten die Macht der Algorithmen, die für die digitalen Fake News verantwortlich waren, in denen wir uns tagtäglich bewegten. Kaum jemand konnte mehr Wahrheit von Lüge in den sozialen Medien unterscheiden. Auf Grausamkeiten, wie Enthauptungen, Vergewaltigungen und dergleichen mehr, welche über die ‚Social Media‘-Plattformen den kranken Voyeurismus von sehr vielen Usern bedienten, möchte ich jetzt nicht näher eingehen.

Aber ein Problem, weil es von großer Bedeutung war, muss ich in Bezug auf Social Media doch erwähnen: Die Kommunikation und auch Diskus-

---

[8] Zivilisation bewirkt unter anderem ein Sinken der Gewaltbereitschaft, ein Anheben der Scham- und Peinlichkeitsschwellen sowie eine Psychologisierung (Steigerung der Fähigkeit, die Sicht und innerpsychischen Abläufe anderer Menschen zu verstehen) und Rationalisierung (Steigerung der „Nachhaltigkeit“, d.h. der Fähigkeit, die Folgen der eigenen Handlungen auf das Umfeld „vorauszusehen“).

sion zwischen der Mehrheit der Konsumenten redu-
zierte sich auf Klicks und kurze, oft respektlose
Kommentare. Ein demokratischer Diskussionspro-
zess wurde dadurch obsolet. Dagegen mussten wir
einschreiten, Frau Alisya, Sie kennen das ja auch –
diese ‚sozialen‘ Plattformen, mit Hilfe derer man
sogenannte ‚Freunde‘ findet, waren de facto ja nur
Gelddruckmaschinen für Zuckerhüte, da gab es
Berge davon. Das nur so am Rande, das kennen Sie
sicher auch schon! Sie müssen eines bedenken, Alisya, es ist nicht neu, aber die Lebensbedingungen
für die Kinder auf diesem Planeten haben sich bis
2030 dramatisch verschlechtert. Damit meine ich
jetzt nicht nur die digitale Suchtkrankheit, die durch
Social Media gefördert wird, diese hatte sich ja bei
Kindern zu einer Art Epidemie entwickelt ...

Ein anderes Thema: Mehr als 70% aller Kinder
im Alter von eineinhalb bis fünf Jahren erlebten
nach offiziellen Studien physische, psychische oder
verbale Gewalt durch ihre nächsten Bezugsperso-
nen. Das waren rund 400 Millionen Kinder dieses
Planeten. An die 900 Millionen Kinder hatten bis
2030 keinen Zugang zu Schulbildung – eine Bil-
dungskatastrophe! All diese Daten werden aus Ihrer
Sicht, Alisya, vom UN-Kinderhilfswerk UNICEF
im Jahr 2030 veröffentlicht, das genaue Datum
weiß ich nicht mehr, kann ich Ihnen aber heraussu-
chen, wenn Sie wollen. Der Titel war, ich habe ihn
noch im Kopf: *Violence in the Lives of Children and
Adolescents.* Es war wirklich schrecklich, bedenken
Sie, Alisya und bitte berichten Sie darüber:

Mehr als 50% aller Kinder im Schulalter, fast eine Milliarde, lebte in Ländern, in denen die Prügelstrafen in den Schulen noch nicht vollständig abgeschafft waren. Es kommt noch schlimmer: Sogar Babys wurden ins Gesicht geschlagen. Mädchen und Buben wurden zu sexuellen Handlungen genötigt. Alle sechs Minuten starb eine Jugendliche oder ein Jugendlicher zwischen neun und 18 Jahren durch Gewaltanwendung. Alle zehn Sekunden(!) starb ein Kind durch Hunger, zum Großteil durch zu hohe Preise für Grundnahrungsmittel an den Börsen! Wie krank war das denn, frage ich Sie? Aber ich bin noch nicht fertig, verzeihen Sie meine Aufgeregtheit ...

Mehr als die Hälfte der jungen Opfer von Tötungsdelikten waren in Lateinamerika und im Nahen Osten – Syrien, Jemen, Irak ... – zu beklagen. Sie kennen das ja sicher, denn das Gemetzel begann ja Anfang des 21. Jahrhunderts. Die Mächtigen schauten teils ohnmächtig zu ... was für ein Zynismus!"

„Da muss ich Ihnen zustimmen, es ist erschreckend, was sich vor den Toren Europas ereignet."

Sie hat ja Recht, wir alle schauen zu; ich kannte das schreckliche Ausmaß nicht; Kinder und Jugendliche, millionenfach verrecken sie vor unseren Toren. Und wir bauen Zäune! Abgestumpft, krank oder wie soll man so eine Haltung nennen?

„Ja, diese Entwicklung der Kinder auf diesem Planeten war mehr als besorgniserregend, wie Sie sich vorstellen können. Viele dieser jugendlichen Opfer wurden dann natürlich auch Täter, das war ihre Erfahrung, ihr Lebensmuster, schon klar! Kriminalität wurde sozusagen mit der ‚Muttermilch‘ eingesogen. Schrecklich, wirklich schrecklich!

Es gab einfach keine Rechtfertigung für diese Apokalypse, für diesen fast zerstörten Planeten, gegenüber der jungen Generation. Ergänzend muss ich noch erwähnen, dass die Artenvielfalt im Pflanzen- und Tierreich bis 2045 um fast 50% gegenüber Anfang des 21. Jahrhunderts dezimiert wurde. Diese Zahlen sprechen für sich! Mein Blutdruck steigt etwas an … ich brauche einen Schluck Wasser – Ihnen, Frau Alisya, brauche ich ja keines anzubieten, obwohl, wie ich sehe, könnten sie einen Schluck vertragen, wenn Sie kein Geist … lassen wir das. Ja, um nun diese Situation zu verändern und ein menschenwürdiges Leben für alle Lebewesen doch noch zu ermöglichen, brauchte es Visionen und Perspektiven. Eine Art Zwischenlösung zur besseren Bekämpfung der Kriminalität. Durch das Einschleusen von Attos – das sind Mikrocomputer auf Quantenebene, falls Sie noch nicht davon gehört haben – in die Blutbahn kann jeder Mensch zu jeder Zeit an jedem Ort überwacht werden. Das kann aber nur eine vorübergehende Lösung sein. Mein Ansatz war jedoch ein anderer. Eine radikale Transformation des gesellschaftlichen Lebens und der Bildungsmaßnahmen stand uns bevor!“

„Was verstehen Sie unter Transformation der Bildungsmaßnahmen?“

„Wie darf ich Ihnen das erklären? Wir sagten ja Erziehung! Aber Erziehung mit welchem Ziel? Meinten wir Bildung und Erziehung zu funktionierenden Arbeitssklaven? Es wurde erzogen und gebildet, wie die Wirtschaft es wollte – aus – Punkt. Anstatt Erziehung würde ich lieber Entwicklungsbegleitung oder Begleitung zur Entfaltung der Persönlichkeit sagen – das klingt nicht nur besser, sondern trifft auch das Wesentliche, behaupte ich mal. Als Mensch, der Kinder liebt, sehe ich das mit dem Begleiten von jungen Menschen, das sind Kinder nämlich, etwas anders. Was junge Menschen wirklich brauchen ist: Vertrauen, Verständnis, Zuneigung, die Förderung ihrer kreativen Anlagen und das Angebot einer Reflexion der eigenen Lebenserfahrung. Diese Erkenntnis war ja nicht neu, hatte sich aber offensichtlich noch nicht bis zu den Bildungsministerien und vielen unbegabten PädagogInnen durchgesprochen. Wer Kinder nicht vom Herzen liebt, sollte die Finger von ihnen lassen. Es ging ja nicht darum, Fakten, Formeln und Zahlen von zum Teil schlecht ausgebildeten PädagogInnen eingepaukt zu bekommen. Es ging und geht darum, wie wir auf spielerische Art den jungen Menschen ein Lernerlebnis anbieten können, das auch Spaß macht, das Freude bereitet, das Räume öffnet für emotionale Entlastung! Natürlich geht es auch darum, dass es Sinn macht, Regeln einzuhalten, um unser Miteinander lebenswert zu machen. Ich behaupte, die kreative Vielfalt im Tun bietet hier viele Möglichkeiten, das angelegte Potenzial der jungen Menschen zu fördern, es an die Oberfläche zu bringen. Nur so können junge Menschen lernen, dass alles, was in ihnen steckt, sehr wohl wertvoll sein kann.“

„Wie Sie sagten, alles nicht neu, kann ich gut nachvollziehen. Nur, wie die globale Umsetzung gelingen konnte, das würde mich interessieren.“

„Das war tatsächlich die Herausforderung, Alisya. Ein Grundproblem, das ich selbst leidvoll erfahren musste und das auch heute noch viele junge Menschen erdulden müssen, ist die permanente Abwertung, der sie ausgesetzt wurden und teilweise immer noch sind. Aber wir machten diesbezüglich riesige Fortschritte. Lassen Sie mich noch eines zu Ende denken und aussprechen. Was passiert denn durch Entwertung? Durch Abwertung, Strafen und krankhafte Machtdemonstrationen von überforderten ErzieherInnen und PädagogInnen, wobei das natürlich beileibe nicht alle waren, dies möchte ich hier ausdrücklich betonen, wird eine Zeitbombe gezündet. Kinder brauchen, wie gesagt, Liebe, Zuwendung und Verständnis, das schafft Raum für ihre lustvolle kreative Energie. Denn eines scheint doch klar: Durch pädagogisches Einpauken und Bewertung auf Basis eines veralteten Notensystems, was ja letztendlich auf Machtmissbrauch hinausläuft, entsteht eine Eigendynamik, eine Abwertungsspirale beginnt sich zu entwickeln. Die jungen Menschen verlieren erstens die Lust Neues anzunehmen, und zweitens, was noch gravierender ist, ihr Selbstwertgefühl, was wieder irgendwie kompensiert werden muss.“

Wir wissen doch alle, wie es besser gehen könnte, alles Utopien, viele Menschen sind und bleiben unmenschlich.

„Alisya, was, denken Sie, waren die Folgen? Drogenmissbrauch, Gewalt, soziale Inkompetenz, das waren die Folgen, die wir ja alle kennen. Wenn Millionen Kinder als erstes ‚Spielzeug' eine Kalaschnikow in die Hand bekommen, den eigenen Namen nicht schreiben können, wie sollen diese jungen Menschen später der Gesellschaft begegnen? Mit Gewalt! Sie wissen es, Alisya, ich weiß es. Die westliche Politik, die Menschen an ihren Swimmingpools und natürlich die Waffenlobby wird diese jungen Menschen Terroristen nennen, wird sie stigmatisieren und die Gewaltspirale dreht sich weiter.

Wir, von *SAVE&T.O.P.*[9], haben daher folgende Vision angeboten: Wir müssen diesen Kindern eine Heimat anbieten, in der sie ihre Traumata verarbeiten können. Es war eine Herausforderung der besonderen Art – aber: Wir haben es geschafft. Nächster Schritt: Warum sollten wir nicht weltweit von Kindern Lösungen erarbeiten lassen? Lösungen, wie sie sich ihr Zusammenleben vorstellten? Wie wünschten sich Kinder und Jugendliche eine lebenswerte Gemeinschaft? Wir waren nicht sonderlich überrascht, wie kreativ die jungen Menschen da waren. Gandhi hatte vor bereits hundert Jahren so eine Umfrage gestartet. Landesweit wurden damals

---

[9] **SAVE** and **T**ransform **O**ur **P**lanet (Rette und verwandle unseren Planeten)

Schulkinder befragt: Was würdest du tun, wenn du die absolute Macht in Indien besäßest? Die häufigsten Antworten waren: den Armen ein Dach über dem Kopf geben, die Straßen sauber halten, gemeine Politiker und Lehrer entlassen, alle sollten genug zu essen haben, mehr Bäume pflanzen und nicht so viele Kinder auf die Welt bringen. Also dann: ‚Kinder an die Macht‘, das war kein naiver Wunsch. Wir fingen ganz ‚unten‘, bei den Kindern und Jugendlichen an. Wir befragten sie, wir luden sie ein, uns ihre Visionen mitzuteilen, denn unser Motto war: Fangen wir ‚ganz unten‘ an, dann müssen wir ganz oben nicht den Mist entsorgen. Diese jungen Menschen ‚durften‘ nun in den Regionalparlamenten mitreden und mitentscheiden, es ging schließlich um ihre Zukunft.

Ich sehe Ihr Staunen, Alisya! Wie darf ich Ihnen das erklären? Es gab eben auch diese andere Seite. Viele dieser jungen verzweifelten Menschen konnten durch ihr Mitbestimmungsrecht bewirken, dass eine Umkehr eingeleitet wurde. Diese jungen Menschen, die noch keine Drogen- und Gewaltopfer waren, wollten ihren Planeten nicht aufgeben, sie konnten ihren berechtigten Zorn auf uns und die Vorgenerationen in positive Energie umwandeln. Ich verneige mich vor diesen jungen Menschen; ihre Haltung, diese Größe war für viele der älteren Generationen beschämend, ich nehme mich da nicht aus! Wie konnte *Rettet den Planeten* in der Praxis funktionieren, werden Sie mich gleich fragen?“

„Das ist allerdings eine spannende Frage!“

„Wie soll ich sagen? Für radikale Verwandlungen braucht es radikale Denkweisen. Eine davon war: Millionen SozialarbeiterInnen, PsychologInnen, TherapeutInnen waren nötig, um diese jungen Menschen auf ihrem Weg in eine friedliche Zivilgesellschaft zu begleiten. Durch den digitalen Kapitalismus wurden die meisten Arbeiten ja automatisiert: Industrieroboter, transhumane Roboter, wohin man schaute. Der Nachteil der Automatisierung war, dass die sogenannten sozialen Medien virtuelle „ChefsekretärInnen" entwickelten, die dir morgens die Vorhänge aufzogen, das Frühstück bereiteten, deinen Kindern drei Sprachen beibrachten, deine Termine einteilten und dir sagten, wann du aufs WC gehen und wann du Sex haben solltest, was du anziehen solltest und wer für dein Leben wichtig war und wer nicht – das kam einer Entmündigung gleich – hatte sich aber Gott sei Dank nach zehn Jahren abgenützt. Mit den Robotern bekamen wir so ab dem Jahr 2030 ein weiteres riesiges Problem: Sie ersetzten so an die 900 Millionen Jobs in Banken, Versicherungen, in den Supermärkten und in der Produktion. Roboter waren billiger, wurden nie krank, brauchten keinen Urlaub und arbeiteten fehlerfrei, damit konnte kein Mensch mithalten. Man konnte diese KI-Roboter der neuesten Generation ja kaum noch von Menschen unterscheiden."

„Der Vorteil der Automatisierung, der sogenannten digitalen Revolution war: Menschliche Qualitäten wie Empathie, Kreativität, Kunst, Kommunikation, Teamgeist, Mitgefühl und Zuwendung bekamen mehr Raum. Ein Paradigmenwechsel im

Bildungsbereich wurde notwendig. Dazu später noch mehr. Die freie Zeit konnte für ein soziales, kreatives Miteinander genutzt werden. Menschen, die das verstanden hatten, konnten endlich Sinnvolles für ihre Mitmenschen tun. Neidgedanken hatten keinen Nährboden mehr, da wir vorläufig für ein generelles Grundeinkommen sorgen konnten. Später kann ich Ihnen auch noch über die geldlose Gesellschaft berichten. Das alles ist uns weltweit noch nicht ganz gelungen, schon klar!

Ein weiterer Vorteil war: Wir konnten uns vermehrt auf die Ausbildung in Sozialberufen konzentrieren. Diese Berufe erforderten eben diese menschlichen Qualitäten. Ein guter Teil der jungen Mitbürger hat das verstanden! Denn eines wurde unseren jungen Menschen bewusst: Es macht Freude, Mitmenschen hilfreich die Hand entgegenzustrecken, sie in ihren Nöten und Sorgen zu unterstützen. Aufrichtige Dankbarkeit erwärmt unsere Herzen. Alles nicht neu, aber diese Rückbesinnung auf unsere menschlichen Fähigkeiten wurde im digitalen Zeitalter überlebenswichtig. Das konnten Roboter noch nicht anbieten, sie sind seelenlose Wesen.

Die soziale Interaktion erfuhr – paradoxerweise durch das digitale Diktat – eine Renaissance, das kann man so sagen! Ja, wir haben einiges auf die Reihe bekommen, großer Respekt, da kann man nur den Hut ziehen vor der jungen Generation. Wie kann ich es ausdrücken? Die Menschen spürten förmlich, dass sie wieder Freude am Leben hatten, dieses Gefühl hatten sie lange Zeit entbehren müssen. Sie mussten es durch Konsum und Drogen kompensieren. So nach dem Motto: ,Erschaffe unzufriedene Menschen, produziere sinnloses Zeug und werde reich dabei!' Wie darf ich Ihnen das erklären? Ich und viele meiner Generation, die gab es ja auch noch, sahen es als unsere Pflicht an und sogar als unsere Bestimmung, einfach auch unserem Gewissen geschuldet, an dieser Vision zur Rettung dieses Planeten beizutragen. Eines wurde uns dabei klar: Menschen, die täglich von neun bis fünf Uhr, mit langem Gesicht ins Büro gehen mussten, um ihren Lebensunterhalt zu verdienen, konnten keine glücklichen Menschen sein. Viele dieser Jobs in Banken und Versicherungen und den Supermärkten erledigen jetzt künstliche Intelligenzen, die vorhin erwähnten Roboter.

Für Veränderungen und Weiterentwicklungen waren ein paar Dinge notwendig: ein ,neues' Menschenbild, viel Mut, Innovationsgeist, wissenschaftliche Erkenntnisse über gesellschaftliche Zusammenhänge, ökologische Prozesse, neue Technologien und vieles mehr. Eine Mammutaufgabe wartete auf uns alle. Aber vor allem war es von essenzieller Bedeutung, die Entwicklung eines neuen Bewusstseins als Basis für ein friedliches Miteinander voranzutreiben. Wie gesagt: Bei den Jungen anfangen und bei den Erwachsenen das Bewusstsein weiterbilden. Auf freiwilliger Basis helfen wir Menschen ihr Bewusstsein weiterzuentwickeln, sie können sich vom belastenden Egoismus befreien. Mehr dazu später."

Ich bin mir immer noch nicht sicher, wo ich diesmal wirklich gelandet bin. Ob das alles echt ist? Was ist echt? Was ist Realität? Was ist Traum? Was ist, wenn ich aufwache? Sehr spannend!

„… das Bewusstsein durch steuerbare Beeinflussung der Gehirnfunktionen weiterzuentwickeln, war schon sehr hilfreich.

Ja, es warteten große Aufgaben auf uns und demnach warten diese Herausforderungen noch auf Sie, Alisya. Zurück zu dem, was geschehen musste: Seit Jahrzehnten versuchten wir bei der WHO, der Klimaschutzkommission, dem G25-Gipfel unseren Einfluss geltend zu machen und: Wir von *SAVE&T.O.P.* – ich sage später noch mehr zu *SAVE&T.O.P.* – haben schon einiges erreicht. Wir leben jetzt im Jahr 2060, das stimmt; ja, wir leben noch – aber wir haben es noch nicht ganz geschafft.

Die Ereignisse auf unserem Planeten waren ja bis zum Jahr 2030 und darüber hinaus sehr dramatisch.

Kriege mit autonomen Waffensystemen[10] wurden geführt. Autonome Waffen konnten Staatsführern mehr Macht und Kontrolle darüber geben, wie sich ihre KI-Roboter-Truppen in einer Krisensituation verhalten sollten. Diese autonomen Waffensysteme wurden die perfekten Soldaten, sie widersetzten sich niemals einem Befehl, da dieser auch von einer digitalen Recheneinheit kam.

---

[10] Autonome Waffensysteme sind KI-Roboter, Drohnen etc., die in Kriegsgebieten selbst (auf Grund ihrer Programmierung) entscheiden, welche Kriegsstrategie eingesetzt werden muss, um den Sieg zu erlangen.

Robotern fehlt aber das menschliche Einfühlungsvermögen, dadurch wurden oft Krisen verschärft. Sie können sich sicher vorstellen, Alisya, eine Maschine kennt weder Verzweiflung oder Angst oder Hass, sie hat keine Moral, sie entscheidet entsprechend ihrer Programmierung und kennt natürlich auch kein humanitäres Völkerrecht. Wir, also die Vereinten Nationen, haben es Anfang 2020 verabsäumt, weltweit Kampfroboter zu verbieten. Die IT-Industrie, die Waffenlobby, gestützt von den Mächtigen dieses Planeten, wollten die Gefahren nicht erkennen. Im Gegenteil: Die Führer der Großmächte erkannten natürlich, dass jene Großmacht, welche als Erste über ein Arsenal von autonomen Waffensystemen verfügt, auch den Planeten beherrschen würde.

Und so kam es dann auch: Da werden Sie, Alisya, wahrscheinlich noch eine junge Erwachsene sein. Ich will Ihnen nur im Schnellverfahren berichten, was sich alles zugetragen hat: Kriege in den arabischen Ländern, die IS-Problematik war immer noch nicht ganz unter Kontrolle, die Bürgerkriege in der Türkei, im Nahen Osten, in Teilen Asiens, in Europa aber auch bei uns in den USA gab es große Unruhen, die einem Bürgerkrieg gleichkamen. Dann die vielen Krisenherde durch Einmischung der Großmächte in Afrika … Asien, Atomkriege mit allen dramatischen Folgen für diesen Planeten, um nur einige Brandherde zu nennen.

Überall wurden diese schrecklichen autonomen Waffensysteme eingesetzt. China war neben Russland und den USA der globale Player für diese autonomen Waffensysteme. Die Lage spitzte sich dramatisch zu, der dritte Weltkrieg schien unabwendbar. Herrscher über den gesamten Planeten zu werden, dieser pathologische Wahnsinn kreiste wie ein Virus in den Köpfen der Mächtigen. Das Ende des Planeten schien besiegelt. Dann geschah aber das Unerwartete, damit hatten die kranken Köpfe der Führungsnationen nicht gerechnet: Im digitalen Vernetzungszeitalter erfahren fast alle Menschen alles. Die Angst vor dem eigenen Tod, dem Tod der eigenen Familie, eine panische Angst vor der Zerstörung des Planeten breitete sich aus, diese Angst zog sich blitzschnell, gleich einer Pandemie über den gesamten Planeten. Und, das Erstaunliche und Berührende dabei war: Im ganzen Netz wurde ein Manifest verbreitet, ein ‚Virus' für Menschlichkeit! Ich blende den Text am Holoschirm ein:

<u>Manifest</u>

Menschen dieser Erde, beherzigt dieses
Manifest!

Die 10 An_GEBOTE für einen lebenswerten
Planeten Erde!

1. *Wir Menschen lehnen Folter, Gewalt und Tötung von Mitmenschen und Lebewesen ab.*

2. *Wir Menschen lehnen Missachtung, Bedrohung und Einschüchterung von Mitmenschen ab.*

3. *Wir Menschen lehnen ab, dass Mitmenschen auf Grund ihrer Hautfarbe, Herkunft, Religiosität oder sexuellen Orientierung diskriminiert oder verfolgt werden.*

4. *Wir Menschen lehnen ab, dass Mitmenschen durch Abhängigkeit Ausnützung ihrer Arbeitskraft erfahren.*

5. *Wir Menschen fordern das Recht auf Freiheit, Frieden, Gerechtigkeit und Solidarität.*

6. *Wir Menschen fordern das Recht auf Gleichberechtigung, Umverteilung der Güter dieser Erde und ein menschenwürdiges Leben für alle.*

7. *Wir Menschen fordern das Recht auf kostenfreie Nahrung, das Recht auf kostenfreies Wohnen, das Recht auf ein selbstbestimmtes Leben an jedem Ort dieser Erde.*

8. *Wir Menschen verpflichten uns, einander durch Mitgefühl, Zuwendung und Kooperation zu unterstützen, um jeden Ort dieser Erde, frei*

*von Grenzen und Nationalstaaten, lebenswert
zu gestalten.*

9. *Wir Menschen verpflichten uns, auf Augenhöhe
   entsprechend unseren Anlagen einen Beitrag
   zur Erhaltung einer friedvollen Gemeinschaft
   zu leisten.*

10. *Wir Menschen verpflichten uns, dass jegliches
    Handeln und Denken stets mit Respekt und
    Wertschätzung dem Wohle der Gemeinschaft
    dient, in dem Streben Schaden an Mitmenschen
    und der Umwelt abzuwenden.*

**„Sagenhaft! Ich kann nicht glauben, dass so
ein humanistisch-utopisch anmutendes ‚Virus'
so viel Resonanz bekommen kann. Ich bin
sprachlos … Wirklichkeit und Utopie, wie nah,
wie weit, wie fantastisch ist das Ganze hier?"**

„Ja, es ging wieder einmal um Menschenrechte,
Frau Alisya, um ganz normale Menschenrechte,
diese Selbstverständlichkeit wurde immer wieder
zu Gunsten der Gier in den letzten Jahrhunderten
von zu vielen Nationen missachtet. Fast alle Menschen in hohen Staatspositionen sprachen zwar von
Menschenrechten, aber nur sehr wenige wollten mit
Herz dafür einstehen. Dieser Heuchelei musste ein
Ende gesetzt werden! Es wurde daher ein Gebot der
Stunde, die Umsetzung dieser Menschenrechte wieder einzufordern. Für *alle* Menschen! Es ging uns
nicht um Klassenkampf, dieses Totschlagargument
wurde und wird ja oft verwendet, wenn es einfach
nur um Umverteilung und Gerechtigkeit geht. Es
kann nicht um Klassenkampf gehen, denn es gibt
keine Klassen von Menschen. Es gibt und gab auch

nie illegale Migranten oder Wirtschaftsflüchtlinge, denn es gibt keine illegalen Menschen. Klassen- und Rassendiskriminierung wurden von Menschen geschaffen, die sich meist durch Gewalt Macht angeeignet hatten.

Alisya, ich kann es schon gar nicht mehr hören, verstehe aber die Ängste der Wohlbetuchten sehr gut. Es ist einfach eine Frage der Bewusstseinsbildung. Wir wussten, es wird von immenser Bedeutung werden, dass die Menschheit sich über ihr wahres *SEIN* bewusst wird. Wollen wir diesen Planeten befrieden oder nicht?"

„Natürlich wollen wir das, Frau Professorin. Ich kann nur noch staunen! Was war die Folge von diesem globalen *Aufstand* der Menschen?"

„Ja, was war die Folge? Wir waren auf diesen Tag gut vorbereitet: Passiver Widerstand großer Bevölkerungsschichten, wie ein Flächenbrand, unglaublich, die meisten Menschen hörten weltweit auf zu arbeiten, sie legten alles lahm, was noch nicht autonom gesteuert wurde. Kein Schulunterricht, geschlossene Universitäten. Es herrschte Stillstand, was die industrielle Produktion und die gesamte Mobilität betrafen. In den alternativen Medien und Infokanälen herrschte eine Solidarität für den Frieden, die wirklich alle überraschte. SoldatInnen und PolizistInnen verweigerten Befehle, die sich gegen das eigene Volk richteten, ja sie zerstörten sogar die eigenen Kommandozentralen! Generäle und verantwortliche Politiker und staatlich gelenkte Medien wurden entmachtet und festgehalten.

Das war die wahre Geburtsstunde von *SAVE&T.O.P.!*

Aber das war noch nicht alles, was dieser Planet während des Transformationsprozesses[11] auszuhalten hatte: Viele, viele Umweltkatstrophen auf Grund der klimatischen Veränderungen hatten die Erde ohnehin schon an den Rand ihrer Zerstörung gebracht.

Sie müssen bedenken, Frau Alisya, und Sie werden es erleben, falls Sie tatsächlich eine Zeitreisende sind: So ab dem Jahr 2020 bis 2030 waren ungefähr 80 Millionen Klima- und Kriegsflüchtlinge weltweit unterwegs, hauptsächlich aus dem afrikanischen und asiatischen Raum. Eine riesige Herausforderung für den Rest der Welt. Selbst bei euch in Europa mussten die Menschen aus den südlichen Ländern auf Grund der langen Dürreperioden ihr Land verlassen. Große Teile von Italien, Spanien, Portugal wurden dadurch menschenleer und Mittel- und Nordeuropa hatte ein riesiges Migrationsproblem zu bewältigen. Einige Machthaber in den USA und in Europa hatten ihre Länder mittels Zäunen zur Festung erklärt, das war staatlich organisierte Unmenschlichkeit. Wir konnten zu einem späteren Zeitpunkt diese Zäune wieder entfernen. Berichten Sie das in Ihren Medien, Alisya. Das waren die unangenehmen Nachrichten, in aller Kürze.

---

[11] Gesellschaftliche, wirtschaftliche und ökologische Umwandlung in nachhaltige, menschliche Lebensprozesse.

Die gute Nachricht hingegen ist: Auf Grund dieser katastrophalen Entwicklung und des globalen Widerstandes in breiten Bevölkerungsschichten, fand ein Einlenken beziehungsweise ein Umdenken statt. Ohne Krise gibt es keine Wandlung – das ist ja fast schon ein Naturgesetz!

Ich kürze jetzt etwas ab: Damit es konstruktiv weiterging, haben die neuen, von der Basis gewählten PolitikerInnen dieses Planeten und viele WissenschaftlerInnen, sogar einige Industriebosse und meine Wenigkeit wie gesagt *SAVE&T.O.P.* auf Basis des Manifestes und der bestehenden Menschenrechtskonvention gegründet.

Wir hatten ja weltweit großen Zulauf. Stellen Sie sich vor, Alisya: Auf der Basis des Manifestes im Internet – immerhin haben mehr als 5,5 Milliarden Menschen ihre Zustimmung gegeben – konnten wir getrost aktiv werden um allen Menschen zu einem gerechteren Leben zu verhelfen. Und, Frau Alisya, uns allen, bis auf noch wenige pathologisch ignorante Diktatoren und deren Günstlinge, wurde bewusst:

Es ist unsere letzte Chance, wenn wir Menschen als Spezies überleben wollen. Frau Alisya, dass Sie hier dieses Interview mit mir führen können, verdanken Sie dem Mut dieser vielen Menschen, dieser unglaublichen Solidarität. Das war die Basis für *SAVE&T.O.P.* und Milliarden Unterstützende. Wissen Sie, es gab Momente, da habe ich stark gezweifelt – ja, ich war wirklich verzweifelt, ich glaubte nicht mehr an einen Erfolg, ich glaubte nicht mehr an das Menschliche im Menschen, die Widerstände schienen zu groß. Ich habe wohl die Menschen, vor allem unsere Jugend unterschätzt; ganz tolle Menschen, sie haben mich immer wieder aufgerichtet, ich muss das an dieser Stelle betonen und meinen Dank aussprechen! In meiner Biografie werde ich natürlich eine entsprechende Botschaft meines aufrichtigen Dankes an alle AktivistInnen bekunden. Das ist mir ein großes Anliegen.

Aber machen wir weiter: Wir haben das Unmögliche möglich gemacht, wir haben ein Szenario der Umkehr entwickelt, und ich möchte hier gerne erläutern, wie es uns zumindest teilweise gelungen ist, diesen Planeten vorerst, muss ich betonen, doch noch zu retten. Ich stütze mich dabei hauptsächlich auf die Errungenschaften von namhaften WissenschaftlerInnen, aufgeschlossenen PolitikerInnen, klugen Bossen von Weltkonzernen und meiner Wenigkeit, das erwähnte ich bereits. Es ist doch so, Frau Alisya, wie gesagt: Durch den drohenden Weltkrieg und Terrorismus ging so nach 2030 dieses Jahrhunderts eine Veränderung im Bewusstsein, im Denken der Zivilgesellschaft auf diesem Planeten vor sich – manchmal passieren ja noch Wunder. Nicht zuletzt natürlich ausgelöst durch die vielen Todesopfer, die vielen Flüchtlingsopfer und Hungertoten, ausgelöst durch kriegerische Auseinandersetzungen weltweit, das habe ich ja schon erwähnt.

Dazu möchte ich noch etwas zum Thema Atomwaffenarsenale und autonome Waffensysteme bemerken: *SAVE&T.O.P.* hat sich zum Ziel gesetzt, die Zivilgesellschaft und Regierungen aller Länder für eine Abschaffung von Nuklearwaffen zu gewinnen und autonome Waffensysteme einer Weltfriedensarmee zu übergeben. Das war mühsame Überzeugungsarbeit. Gleichzeitig ist es uns gelungen, die führenden Waffenhändler zu isolieren, sie verbringen ihre Restlebenszeit in Gefängnissen, dort können sie, krank von den Schatten ihrer Erinnerungen, all der Opfer gedenken, die sie mitverschuldet haben. Es ist nur ein kleiner Trost, Alisya, für die betroffenen Hinterbliebenen, das weiß ich schon. Eines musste und muss uns für alle Zukunft bewusst werden: Wenn wir, die Menschheit, die Ursache des Leidens nicht erkennen, streben die Menschen weiterhin auf besitzergreifende Art nach einem scheinbaren Glück, das durch Gier, Gewalt, Hass und Neid gefunden werden soll. Und, Alisya, solange dies alles aus Unwissenheit geschieht, wird Leiden unvermeidbar bleiben. Dieses fast schon zwanghafte Festhalten an Besitztümern und materiellen Dingen dieser Welt führt ja zwangsläufig zu Gewalt und Krieg, unabhängig davon, wie sehr man an Glück und Sicherheit interessiert ist. Wie darf ich Ihnen das erklären? Dieses unsagbare Leid, welches durch grauenhafte Gewalt verursacht wurde, kann niemand wiedergutmachen. Wir können nur versuchen zu verhindern, dass aus diesem Schmerz nicht wieder Gewalt entsteht, das war und ist unsere Aufgabe.

Und während Maureen McKenzee weitererzählt, bin ich anscheinend plötzlich an einem völlig anderen Ort gelandet. Zerbombte Häuser, verletzte, zum Teil bewaffnete Männer laufen zwischen den Trümmern umher, sie suchen Schutz,

Artilleriefeuer ist zu hören. Wo bin ich!? Eine scheinbar verwirrte Frau blickt hinter einer Mauerecke hervor, deutet mir mit ihrer Handbewegung, dass ich zu ihr kommen soll, was ich dann auch schnellen Schrittes tue. Bei ihr angekommen, hustet sie heftig und stößt mit Unterbrechungen hervor: „Ich bin Ärztin, dies ist die längste Nacht, die ich je durchwacht habe. Zeit wird bedeutungslos. Es sind immer wieder diese entsetzlichen, schlafraubenden Bilder ... Bilder dieser gewaltigen Explosion, Bilder schreiender, blutüberströmter Menschen, Bilder der Panik, Bilder von zerstückelten, verkohlten Körperteilen, die mich quälen. Giftgas verstehen Sie? Sie werfen Giftgasbomben! ... Ich bin hier kurz vor dem Wahnsinn. Mir ist, als stünde ich neben mir, ich spüre mich kaum noch, ich hätte nicht herkommen sollen. Wie soll ich Menschen helfen, wenn ich selbst am Ende bin? Ich schlafe kaum noch, kann kaum essen, ich bin so leer. Ich will andauernd auf die Suche gehen, meine Familie, sie muss ja irgendwo sein. Ist das alles nur ein Alptraum? Vielleicht bin ich gar nicht hier, vielleicht träume ich nur, dass ich hier bin. Was mache ich hier? Wissen Sie, wo wir sind? Ich muss nach Hause nach ...? Meine Kinder und meinen Mann suchen, sie sind vielleicht gar nicht tot?

... dann war sie verschwunden, diese Ärztin und der zerbombte Ort und die Bilder und ich saß wieder bei Maureen McKenzee, und sie erzählte von der Rettung der Menschheit:

„Und – wie soll ich es ausdrücken? - geschah etwas Wunderbares, Frau Alisya: Es bildeten sich Koalitionen aus den Bereichen Humanitäre Hilfe, Soziales, Umwelt, natürlich den Menschenrechtsorganisationen und vielen mehr. Überraschenderweise unterzeichneten über 3.000 Partnerorganisationen in über 150 Ländern der Welt für einen atomwaffenfreien Planeten. Am Ende des Tages, das war erst ab April 2045, ein historisches Datum – hundert Jahre zuvor war der zweite Weltkrieg beendet worden – hatten dann endlich die Atomwaffenmächte abgerüstet. Bei den sogenannten „Schurkenstaaten" musste die Weltfriedensarmee eingreifen. Schreiben Sie das, Alisya, machen Sie den Menschen Mut!"

McKenzee hat sicher Recht! Mut zur Wahrheit, den sollte eine tugendhafte Journalistin schon haben. Nur: Spricht sie Wahres? Erfahre ich hier, während meiner Zeitreise, Wahrheit? Ich habe den Bezugsrahmen verloren. Ich habe in meiner Trance keine Überprüfungsmöglichkeit. Wie überprüft man nicht Prüfbares? Vielleicht wünsche ich mir nur, dass es so eine Zukunft gibt, in der alles gut wird?

„Zurück zum Geld. Auch aus den Finanzkrisen haben wir dann doch, nach schweren Rückschlägen, ab 2030 gelernt. Durch diese Erkenntnisse und den massiven Druck der Bevölkerung beschlossen nun endlich auch namhafte Wirtschaftsbosse und die Finanzindustrie auf globaler Ebene, bei denen Gewinnorientierung bislang im Vordergrund gestanden war, ihre Strategien sozialer und ökologischer Verantwortung zu unterziehen. Das machten sie jedoch nicht freiwillig, wie Sie sich vorstellen können. Hunderte, ja Tausende kleine gemeinnützige Banken wurden gegründet. Die Massen zogen ihr Kleinerspartes von den Großbanken ab und zahlten es in diese gemeinnützigen Kleinbanken ein. Das löste natürlich einen Finanz-Hurrikan aus, wie Sie sich vorstellen können, Alisya. Ja, das Volk übernahm wieder die Kontrolle über SEIN Geld. Wie darf ich Ihnen das erklären? Ab diesem Zeitpunkt wurde den Finanzhaien erst so wirklich bewusst, dass sie sich über Jahrzehnte durch fremdes Geld bereichert hatten, es zur Ware umfunktioniert hatten, es verkauften und immer wieder weiterverkauften. Dadurch wurde Geld inflationär. Eine Finanzkrise löste die nächste aus. Und die Regierungen, als Marionetten der Bankenlobby, mussten da mitmachen, mussten dann bankrotte Banken mit dem Steuergeld der arbeitenden Menschen sanieren. Die Großfirmen flüchteten in Steueroasen, zahlten ja kaum Steuern! Durch dieses ungerechte und erbärmliche Verhalten von Banken und Regierungen wurde der Unmut in der Bevölkerung immer größer.

Dann geschah, natürlich durch den Druck aus der Bevölkerung und dem Zusammenbruch der Großbanken, nach zähen Verhandlungen, etwas ganz Wunderbares: Führende Politiker der meisten Nationen, mit allen Kompetenzen ausgestattet (nicht so zahnlos wie die UNO), waren sich der absoluten Notwendigkeit bewusst, in Not geratene Bevölkerungsgruppen schnell und unbürokratisch in sozialen, ökologischen und finanziellen Bereichen zu unterstützen. Und warum? Um weitere Gewalt, Eskalationen und Kriege zu vermeiden, ist doch klar! Das galt natürlich auch für die Bedrohung von Leib und Leben, bei wem auch immer und durch wen auch immer. Zugegeben, ein sehr ambitioniertes Ziel. Als ersten Schritt sorgten wir dafür, dass die meisten Menschen auf diesem Planeten ein bedingungsloses Grundeinkommen bekamen. Die Geldressourcen waren ja vorhanden, sie mussten nur entsprechend umverteilt werden. Weil sie Menschen sind, haben sie ein grundlegendes Menschenrecht auf ein Einkommen, um die allernotwendigsten Dinge für ein würdiges Leben organisieren zu können. Es ist doch ein Menschenrecht, ohne Druck und Zwang leben zu können. Und es ist doch so, Alisya: Erst wenn ein Mensch frei leben kann, wird er aus sich heraus auch motiviert sein, eine sinnvolle Arbeit in der Gemeinschaft zu verrichten. So ist es dann auch passiert, der Großteil der Menschen hat sich ganz selbstverständlich in den Arbeitsprozess eingebracht. Ein kollektives Bewusstsein ist wirksam geworden. Das Gefühl, nicht mehr gebraucht zu werden, macht ja nur unglücklich. Das meiste an lästiger Arbeit wurde ja ohnehin automatisiert. Das Grundeinkommen ermöglichte es erst, die jeweils passende Arbeit für sich zu finden."

„Wie darf ich das verstehen?"

„Wir alle mussten erst lernen, die notwendigen Arbeiten so zu organisieren, damit sie für uns verständlich, gestaltbar, nachvollziehbar und sinnhaft erscheinen. Das ist der entscheidende Punkt dabei. Wir hatten aber noch ein größeres Problem zu lösen: Es waren ja immer noch genügend Waffen im Umlauf, im geschätzten Wert von zig Billionen Dollar! Unvorstellbar!! Wie krank waren die Waffenproduzenten, die Waffenlobby und viele Machthaber auf diesem Planeten? Der Macht-Mensch war oder ist noch immer die gefährlichste Waffe! Die Hassrhetorik führender Politiker war der Nährboden für die Gewaltspirale. Um es noch etwas pointierter zu formulieren: In einer Welt von Fleischfressern fließt viel Blut!"

… ich bin immer noch überwältigt von McKenzees Berichten. Bei allem Schrecken, der uns noch bevorsteht, habe ich jetzt doch auch Zuversicht und wünsche mir, dass alles, was ich jetzt gerade erlebe, keine Visionen eines kranken Gehirns sind.

„Alisya, sind sie noch anwesend? Ich weiß, ich rede zu viel, vielleicht auch ein wenig unstrukturiert, aber es ist eben auch so vieles passiert, ich weiß gar nicht … das wird mir jetzt, im Erzählen erst so richtig bewusst – ich muss Ihnen dankbar sein für diese Begegnung. Wenn Sie gestatten, dann möchte ich fortfahren … so, jetzt ist der Faden gerissen …"

„Es ging um Waffenproduktion und um …"

„Ja, ja, danke, deshalb wurde auf globaler Ebene von einem Großteil der Industrienationen und vielen anderen Ländern – um des Friedens willen, wohlgemerkt – Folgendes vereinbart: Jede Produktion muss zukünftig nachhaltig und dem Wohle der Gemeinschaft dienlich sein. Und vor allem: Schluss mit dem Verkauf von Waffen. Das hätte nie funktioniert, wäre da nicht dieser massive Druck von breiten Schichten der Bevölkerung gekommen. Die Menschen wollten einfach nicht mehr so leben, wollten nicht mehr jeden Dreck kaufen, der ihnen aufgeschwatzt wurde, wollten nicht mehr als versklavte Konsumidioten gesehen werden und vor allem wollten sie Frieden! Zu viele Tote, zu viel Elend, zu viel Arbeitslosigkeit durch den Digitalisierungswahn und zu viele Hungernde und Flüchtende. Es wurde eine Grenze überschritten! Dem suizidalen Konsumkapitalismus wurde die rote Karte gezeigt!

Was war die Folge: Über ein gigantisches Netzwerk haben sich Milliarden von Menschen dieser Konsumverweigerung verschrieben. Sie kauften nur mehr das Allernötigste, produzierten nur mehr das Nötigste in kleinen Kooperationen. In Folge brach der globale Weltmarkt für gut 60% der nicht lebensnotwendigen Produkte zusammen. Die Börsen krachten in den Abgrund. Gesellschaftspolitisch war das ein Erdrutsch im Sinne der Menschlichkeit. Daraus etablierte sich eine neu gegründete länderübergreifende Weltproduktions- und Sicherheitsorganisation (WPSO). Eine Weltfriedensarmee, habe ich ja schon erwähnt, wurde aufgestellt – und – sie war leider notwendig, das können sie mir glauben."

„Frau Professorin, darf ich Ihnen in Erinnerung rufen, wie viele sogenannte Kriegsschauplätze es in meiner Zeit, d.h. im Jahr 2019, gibt?

Zurzeit gibt es auf vier von unseren sieben Kontinenten bewaffnete Konflikte, nur Australien und die Antarktis sind da ausgenommen. Weltweit wurden in diesem Jahrhundert ca. 500.000 Menschen bei direkten Kampfhandlungen ermordet. Frieden auf diesem Planeten? Das grenzt ja an ein Wunder. Wie haben Sie es geschafft den Frieden zu erhalten?"

„Geduld! Dieses Szenario entwickelte sich weltweit folgendermaßen weiter: In Ländern, wo korrupte Diktatoren ihr Unwesen trieben, wurden diese durch die Weltfriedensarmeen der WPSO entmachtet, verurteilt und durch kommissionelle demokratische Strukturen ersetzt. Es fehlten den Diktatoren ja auch die Geldmittel, um die Korruption und die Waffenhändler zu füttern.

Wie ging es weiter? Weltweit entstanden sogenannte *Friedenscamps*[12], verstärkt durch unzählige NGOs, Bürger- und Volksbewegungen, die sich für den Frieden, die globale friedliche Koexistenz und die gerechte Umverteilung der Ressourcen einsetzten. Dies führte in Folge dazu, dass nur mehr Politiker mit einer hohen ethischen Verantwortung und einem entsprechenden humanistischen Menschen- und Weltbild sich einer Wahl stellen durften. Die Auswahl und das Hearing von solchen ‚Führungspersönlichkeiten' wurde und wird immer noch von einer überregionalen Ethikkommission, bestehend

---

[12]Zentren in den bedrohten Schwellenländern. Menschengerechte Existenzgründungen (Wohnen, Nahrungsmittelproduktion etc.) in kleinen überschaubaren Einheiten.

aus SozialwissenschafterInnen, PolitikwissenschafterInnen und PsychologInnen, überprüft und überwacht. Durch diese Führungspersönlichkeiten wurde gewährleistet, dass die Gleichbehandlung aller Menschen, das Recht auf Wohnraum, genügend Nahrung, ein Grundeinkommen und die Verpflichtung zur Solidarität unter den Menschen weltweit Verfassungsstatus bekamen. Ein sensationeller Entwicklungsschritt!"

„Erste Frage: Gab es dann keine demokratischen Wahlen mehr? Zweite Frage: Konnte das in allen Ländern realisiert werden? Das scheint mir sehr utopisch!"

„Weltweit ist das noch nicht überall realisiert, schon klar! Da gibt es da und dort noch Umsetzungsprobleme, aber – es war ein richtiger Anfang. Die größte Herausforderung war der Bildungsbereich, dcr musste total umorganisiert und inhaltlich neu gestaltet werden, um das Bewusstsein der Menschen auf ein humanistisches Menschenbild, abseits von falschen Ego-Denkweisen und manipulativen Glaubensmustern zu fokussieren. Stichwort: *transpersonal-kollektives Bewusstsein*[13].

Wir mussten lernen, dass zwar jeder für sich ein Individuum ist, aber das jeweilige Denken, Sprechen und Handeln sehr wohl Auswirkungen auf die

---

[13]Dieser Bewusstseinsprozess entfaltet sich über die unterschiedlichsten Bewusstseinsstufen, vom personalen Bewusstsein (EGO-Behaftete), das sich auf die fünf Sinne reduziert (Wachbewusstsein), bis zum transpersonalen/kollektiven Bewusstsein, das dem SELBST und der allumfassenden Ganzheit verpflichtet ist.

Gesamtheit in der kosmischen Entwicklung hat. Wir sind auch seelisch/geistige Wesen, da gibt es allerdings Berufenere als mich, um darüber zu referieren."

Womit sie Recht hat, das werde ich mit der Vendetti besprechen.

„Sie, Alisya, als zeitreisende Seele – und: ich will Ihnen glauben – sind der beste Beweis. Damit komme ich zur zweiten Frage: Demokratische Wahlen haben nur dann Sinn, wenn die BürgerInnen auch die nötige Reife dazu entwickelt haben. Über diese Reife zu entscheiden, das war natürlich ein Problem, schon klar. Aber: Aus der Vergangenheit lernten wir, dass Demokratie gut klang, die meisten Menschen aber auf der Bewusstseinsebene einen Bildungsnotstand aufwiesen, deshalb waren sie von populistischen Parteien nur allzu

leicht manipulierbar. So wurden in vielen Ländern aus Demokratien dann Diktaturen. Nach unseren letzten Erhebungen lebten bis 2030 4,5 von 9 Milliarden ErdenbewohnerInnen in autokratischen Staaten, ein Rekord, die Tendenz war steigend. Auf Grund dieser Erkenntnis machte es für *SAVE&T.O.P.* vorerst nur in jenen Regionen Sinn, Wahlen abhalten zu lassen, wo sich das notwendige Bewusstseinsniveau entwickelt hatte. Diese Wahlen finden aber nicht mehr so statt wie Sie, Frau Alisya, Wahlen kennen. Es werden heute in den meisten Regionen vordergründig keine Personen oder Parteien gewählt, sondern ,nur' mehr Programme und Ideen, welche der Nachhaltigkeit, also dem Wohle der Gemeinschaft dienlich sind. Können Sie das nachvollziehen?“

„Ich denke, ich kann Ihnen noch folgen. Sie meinen, die Menschen mussten lernen, sich als Gemeinschaft zu erkennen, da das Ego-Denken-und-Handeln diesen Planeten fast zerstört hatte. Klingt wieder sehr utopisch!? Aus meiner Perspektive. Bitte, verstehen Sie mich nicht falsch.“

„Ja, ja, ich verstehe Ihre Zweifel, Frau Alisya, so könnte man das interpretieren. Aber ich möchte das auch gerne etwas präzisieren: Wie schon erwähnt, musste die dafür notwendige Bewusstseinserweiterung im Bildungsbereich weltweit, soweit es eben möglich war, verpflichtend werden. Wie darf ich Ihnen das erklären? Das Bewusstsein des Herzens, Herzensgüte, Zuwendung und Anteilnahme zu lehren und zu lernen, das war schon eine Herausforderung. Menschlichkeit zu leben, ist für viele Menschen offensichtlich eine der größten Herausforderungen. Das war ein harter Brocken! Aber es war absolut notwendig. Für die Umsetzung dieser bewusstseinsbildenden Maßnahmen mussten wir die UNO bzw. die UNESCO[14] besonders in die Pflicht nehmen. DieUNESCO hatte ja die strukturellen Voraussetzungen, um Bildungsmaßnahmen voranzutreiben, es mussten nur noch die personellen und finanziellen Unterstützungen erhöht werden. Dies und vieles andere konnte ganz locker

---

[14] Die UNESCO – englisch: United Nations Educational, Scientific and Cultural Organization; deutsch: offizielle Organisation der Vereinten Nationen für Erziehung, Wissenschaft und Kultur.

durch die riesigen Einsparungen bei der Rüstungsindustrie erreicht werden. Wir reden da von hunderten Billionen Dollar. Unsere Erfahrung lehrte uns, dass für Kriege und Terrorismus die wachsende Armut und der damit verbundene Bildungsnotstand verantwortlich sind, wobei wir das ja schon lange wissen. Die reichen Länder und das Großkapital, vor allem die Rüstungsindustrie, hatten früher natürlich kein Interesse an Bildungs- bzw. Bewusstseinsveränderungen. Ja, klar, Fachidioten wurden an den Schulen und Universitäten immer schon herangezüchtet, die bauten dann hochkomplexe Industrieanlagen, Kriegsgerätschaften und Roboter, die uns Menschen in vielen Dingen überlegen sind. Dann, der rasant fortschreitende Klimawandel, der hat die Armen noch ärmer und hungriger gemacht und in die Flucht getrieben. Nur ein Beispiel: der Permafrost[15]. Der Permafrost in den nördlichen Regionen taute auf durch den Klimawandel in den letzten Jahrzehnten. Riesige Mengen Quecksilber und Kohlenstoff wurden frei. Was war die Folge? Von Sibirien bis Alaska hatten wir Erdrutsche, Überschwemmungen und einstürzende Gebäude zu beklagen. Diese Permafrost-Regionen der Welt hatten gigantische Mengen an Kohlenstoff gespeichert, diese wurden dann bei steigenden Temperaturen als

---

[15] Permafrost: Er wird auch Dauerfrostboden genannt. Diese Erdschicht ist über das ganze Jahr hindurch gefroren und hauptsächlich in Sibirien und Alaska noch messbar. Dieser Boden weist in unterschiedlicher Stärke und Tiefe unter der Erdoberfläche mindestens zwei Jahre ununterbrochen Temperaturen unter dem Gefrierpunkt auf.

Treibhausgase freigesetzt. Damit stieg natürlich die Erderwärmung weiter an. Der Gesamtausstoß an Methan und Kohlendioxid aus diesen Böden war um das Zehnfache höher als zu Ihrer Zeit, Alisya. Kohlenstoffüberschuss war allerdings nicht das einzige Problem, das unter den arktischen Böden schlummerte. Die riesigen Mengen an Quecksilber gelangten in die Nahrungskette. Millionen Menschen litten große Qualen und viele von ihnen starben an den Vergiftungen. Es war noch nicht genug Elend. Die erwärmten Böden waren der Nährboden des Milzbranderregers Bacillus anthracis, der dort im Frost Jahrzehnte überdauert hatte. Rentiere infizierten sich beim Grasen, es folgte der größte Anthrax-Ausbruch seit Menschengedenken. Binnen kurzer Zeit verendeten mehr als 50.000 Rentiere. Natürlich infizierten sich auch Menschen. Zigtausend Todesopfer!

Aber nicht nur in der Arktis spürten wir die Folgen des Klimawandels, auch hier bei uns in den USA: Große Teile der kalifornischen Metropole San Francisco versank allmählich im Meer, stellen Sie sich das vor. Der Meeresspiegel an der kalifornischen Küste stieg von 2022 bis 2041 um sagenhafte 60 Zentimeter. Zusätzlich sank der Boden in großen Bereichen der Küste um 15 Zentmeter pro Jahr. Überschwemmungen ohne Ende! Auch der Flughafen von San Francisco ist abgesoffen. Durch zusätzliche Sturmfluten und Starkregen verschlimmerte sich die Situation dramatisch. Es wurden Millionen Menschen obdachlos. Diese schrecklichen Beispiele ließen sich endlos fortsetzen, über alle Kontinente.

Wir bekamen aber auch ein riesiges Problem mit den Ressourcen unserer Erde. Den globalen Erdüberlastungstag hatten wir im Jahr 2031 bereits am 30. Juni erreicht. An diesem Tag, also zur Halbzeit, waren die gesamten nachhaltig nutzbaren Ressourcen, die der Weltbevölkerung rein rechnerisch zur Verfügung standen, für das Jahr 2031 bereits aufgebraucht. Nach diesen Berechnungen lebte die gesamte Weltbevölkerung 2031 so, als hätten wir zwei Erden zur Verfügung. Wo das geendet hätte, können Sie sich ja vorstellen, Frau Alisya. Die künftigen Generationen und besonders der betroffene Süden des Planeten wären unweigerlich Opfer dieses verschwenderischen Lebensstils der Menschen auf der Nordhalbkugel geworden.

Ab diesem Zeitpunkt hatten sogar die größten Skeptiker des Klimawandels und des Ressourcenmissbrauchs begriffen, dass wir Menschen durch unsere unermessliche Gier die Verursacher dieser Zerstörung unseres Lebensraumes sind! Die Kosten für Naturkatastrophen stiegen auch deshalb bereits in die Billionen Dollar. Schreiben Sie das, Alisya! Wenn es um das liebe Geld geht, werden sogar die konservativsten Republikaner in den USA wachgerüttelt. Es musste einfach etwas geschehen, es musste in weiten Bevölkerungsschichten eine Transformation im Denken und somit im Bewusstsein eintreten, sonst war der globale Kollaps nicht zu verhindern. Das ging nur über eine radikale Veränderung im gesellschaftpolitischen System: von

Top-down zu Bottom-up[16]; ohne Gerechtigkeit und faire Umverteilung stirbt die Menschheit – nicht der Planet Erde, wohlgemerkt. Die Erde und viele Mikroorganismen würden wahrscheinlich fast alle Katastrophen überleben, der Mensch und die meisten Tiere hingegen sind bei Weitem noch nicht an den belastenden Klimawandel angepasst. Darüber gab es nach diesen katastrophalen Entwicklungen größtenteils Konsens, keine Frage! Garantie fürs Überleben war der vorhin erwähnte bewusstseinserweiternde gesellschaftspolitische Umbau natürlich auch keine, aber eine Vision, eine realisierbare Vision."

„Wie gelang es Ihnen, diese Vision nachhaltig umzusetzen? In der Theorie ist das alles ja nachvollziehbar, aber ..."

„Das waren richtige Bildungs- und Überzeugungskämpfe. Unvorstellbar, welche Widerstände wir zu überwinden hatten, Frau Alisya. Natürlich gab es immer wieder Rückschläge, auch blutige Auseinandersetzungen waren nicht zu verhindern. Der pathologische Narzissmus[17] der Machthaber fordert heute noch seine Opfer."

---

[16] Alles Recht, alle „Macht" geht von der Basis, dem Volke aus. Das bedeutet, dass das Zustandekommen aller allgemein verbindlichen Normen (Gesetze) grundsätzlich auf das Volk zurückführbar sein muss (steht in fast jedem Bundesverfassungsgesetz demokratischer Länder).

[17] Die Erkrankung der ICH-Verliebtheit (Narzissmus) kann bei Menschen in Machtpositionen gefährliche Ausmaße erreichen. Diese Menschen dulden keine Kritik an ihren Entscheidungen, fühlen sich meistens angegriffen und reagieren emotional übertrieben, bis hin zur Gewaltanwendung. Diesen Menschen mangelt es an Mitgefühl, sie

Frau McKenzee hat ja Recht, eigentlich sollte man die Gesellschaft vor diesen kranken Machthabern schützen. Bei uns landen zurzeit in vielen Ländern immer noch die Systemkritiker im Gefängnis oder in der Psychiatrie anstelle der wahren Missetäter.

„Entsetzliches Leid und Verzweiflung waren die Folge. Es gab Momente, da wollten wir alles hinschmeißen, glauben Sie mir, Frau Alisya.

Aber: Die Welt wieder an Gewalt und Gier zurückzugeben, was ja einem globalen Suizid gleichkam, das kam für uns und vor allem für unsere Jugend nicht in Betracht.

Sie können sich sicher vorstellen, dass viele der Superreichen natürlich nicht mitmachen wollten, die fühlten sich betrogen. Betrüger fühlen sich betrogen, wie absurd! Das ist immer wieder ein interessantes Phänomen: Ein Widerspruch der besonderen Dummheit, der nur mit mangelnder Reflexionsfähigkeit zu erklären ist. Verzeihen Sie meine Emotionen, aber … wissen Sie, Alisya, diese Industriebosse gingen mit ihren Produktionen in die Schwellenländer, zahlten Dumpinglöhne von drei Dollar pro Tag, verursachten dadurch weltweit Massenarbeitslosigkeit und verschoben ihre Millionen zu den Banken auf den Cayman Islands – eine legale Steuerhinterziehung, ein Betrug an der Ge-

---

vertreten nur eigene Interessen und scharen unterwürfige Günstlinge um sich. Man findet sie unter Firmenbossen, Finanzhaien, Diktatoren, Mafiabossen und vielen anderen Führungspositionen bis hinunter in die Familien, wo sie ihr Tyrannentum ausleben können, sehr zum Leidwesen ihrer Mitmenschen.

meinschaft. Damit musste Schluss sein! Alle diese Betrüger und Ausbeuter wurden zur Verantwortung gezogen; weggesperrt, es gab vorerst keine andere Lösung, da keine Einsicht in ein unmenschliches Fehlverhalten zu erwarten war. Der pathologische Egoismus hat sich ja schon als Pandemie über den Globus ausgebreitet. Wissen Sie, Frau Alisya, wir hatten, Gott sei es gedankt, einen starken Rückhalt.

Der Druck breiter Bevölkerungsschichten wurde immer stärker, da kamen Lawinen ins Rollen, nicht nur in den USA, auch in Europa und großen Teilen von Asien und Afrika. Es ist schon irgendwie paradox: Die Digitalisierung, das Internet der Dinge[18], hat wenige Menschen unermesslich reich gemacht; dafür viele, viele Menschen in die Armut gestürzt.

Und jetzt kommt es: Trotz Armut hatten aber fast jede Frau und jeder Mann ein Smartphone. Fast alle hatten Zugriff zu Social Media, hatten sich eigene Netze aufgebaut, hatten Zugriff zu allen Informationen weltweit. Diese rasante Möglichkeit des Informationsaustausches via Internet hatte dann schließlich zu gemeinsamen Aktionen geführt. Eine digitale Solidaritätskampagne, habe ich ja schon erwähnt, kam da ins Rollen – unglaublich, aber wahr! Und, Frau Alisya, nicht zu vergessen: Es war vor allem die Solidarität unter der Jugend und den

---

[18] Digitales Vernetzungssystem: Jedes Zuhause, jedes Geschäftslokal, alle Fahrzeuge und Maschinen, alle Geräte, Produktionsanlagen und elektronischen Recheneinheiten, Stromzähler, Banken und Behörden etc. sind miteinander verbunden. Bis zum Jahr 2030 wird es ca. 50 Milliarden vernetzte Geräte geben.

Frauen, die den Umbruch global ermöglichte. Ich muss das betonen, denn so etwas hatte es in der Geschichte noch nicht gegeben! Frauen haben der Welt gezeigt, wie Frieden durch Gerechtigkeit funktioniert! Unglaublich!

Ja, machen wir weiter, bevor mir noch die Tränen kommen! Eine weitere Unterstützung bekamen wir überraschender Weise aus Silicon Valley. Dort wird ja digital an der Unsterblichkeit gebastelt, mit Erfolg, was man so hört. Schwerste Erkrankungen können anscheinend mühelos durch Attos[19] im Blutkreislauf geheilt werden. Was ist jedoch der Preis?

Der transhumane Mensch ist anscheinend schon dabei, eine neue Evolution auszulösen. Ich persönlich glaube nicht daran, dass die Unsterblichkeit glücklich macht. Ich denke vielmehr, dass durch das ewige Leben für die Betroffenen noch größere Ängste vor dem Tod entstehen. Zum Beispiel, die Angst vor einem Unfalltod. Wie schütze ich meine Unsterblichkeit?

Diese Frage wird die *Unsterblichen* Tag für Tag beschäftigen! Unsterblich mit täglicher Todesangst! Auf so eine Lebensqualität kann ich gut verzichten.

Sozialpolitisch auch ein Problem: Bei jenen Menschen, welche sich die Unsterblichkeit noch nicht kaufen können, wird Missgunst und Hass entstehen. Mit der Unsterblichkeit schaffen wir uns

---

[19] Attos sind kleinste Mikroprozessoren im Blutkreislauf.

also nur neue Probleme. Aber, das ist eine andere Geschichte.

Für mich als Sozialwissenschaftlerin ist aber Folgendes interessant: Ein positives ‚Nebenprodukt‘ bei der Erforschung der Unsterblichkeit ist das sogenannte Gerechtigkeitsgen. Man kann es Menschen, die über diese Eigenschaft nicht verfügen, einpflanzen. Fragen Sie mich nicht, wie das diese ‚Wahnsinnigen‘ aus Silicon Valley geschafft haben, aber es funktioniert. Es wurde an freiwilligen wohlhabenden ausgewiesenen Egomanen getestet. Diese Menschen haben nach kurzer Inkubationszeit den größten Teil ihres Vermögens an wohltätige Organisationen verteilt. Erstaunlich, oder!? Ja, Genmanipulation hat auch eine Erfolgsgeschichte. Der Epigenetik[20] wurde hier etwas nachgeholfen. An der Verbreitung eines Massenimpfstoffes, mit allen ethischen Fragen dazu, wird noch gearbeitet.“

„Frau Professorin, darf ich nochmals auf die Jugend zurückkommen, diese spielte ja eine wichtige Rolle bei den Reformationsprozessen. Konkret: Wie hat sich die Jugend eingebracht?“

„Sehr gerne! Nur so als Beispiel, Alisya, lese ich Ihnen ein paar Zeilen vor. Die wurden von Ju-

---

[20] Die Epigenetik ist jenes Gebiet der Biologie, das sich mit den Fragen auseinandersetzt, welche Faktoren die Aktivität eines Gens und damit die Entwicklung einer Zelle zeitweilig festlegen. Sie untersucht die Änderungen der Genfunktion, die nicht auf Mutation oder Rekombination beruhen und dennoch an Tochterzellen weitergegeben werden. Epigenetisch sind alle Prozesse in einer Zelle, die als „zusätzlich“ zu den Inhalten und Vorgängen der Genetik gelten.

gendlichen, das waren auch hauptsächlich Mädchen, ins Netz gestellt und dort auch sehr ausführlich diskutiert:

Wenn du an Frieden denkst, was bedeutet das für dich?

Was kannst du beitragen, um die Welt friedlicher zu machen?

Wie kannst du anderen Menschen helfen, in Frieden miteinander zu leben?

Was bedeutet Freundschaft für dich?

Was Bedeutet Mitgefühl für dich?

Wenn du jemanden triffst, der traurig, hilflos, in Not oder wütend ist, was tust du, um zu helfen?

Welche Ideen hast du, um die Ressourcen dieser Erde, gerechter zu verteilen?

Diese Fragen und Diskussionen haben fast unzählige Ideen und Interessensgemeinschaften ausgelöst. Die jungen Menschen haben einen Selbstorganisationsprozess ausgelöst, der sich über den gesamten Globus ausbreitete. Das Manifest ist daraus entstanden, ich habe es vorhin erwähnt! Sagenhaft!

An dieser Stelle möchte ich nochmals auf *SAVE&T.O.P.* zurückkommen, weil es mir sehr wichtig ist, hier die Hintergründe aufzuzeigen: *SAVE&T.O.P.* war ja organisatorisch federführend, mit Rückendeckung der Weltfriedensarmee, schon klar! Wie gesagt, ausgelöst durch die digitale Industrialisierung und die explodierende Zahl an Arbeitslosen kam es in den diktatorisch geführten Schwellenländern, aber auch in den sogenannten Scheindemokratien im Westen nach der Abwendung der großen Katastrophe immer wieder zu flä-

chendeckenden Streiks und Konsumverweigerung
– das habe ich vorhin ja schon erwähnt; selbst große
Teile der Polizei samt Militäreinheiten ließen sich
nicht mehr instrumentalisieren. Wissen Sie, Frau
Alisya, die wollten nicht mehr auf das eigene Volk
einprügeln. Sie haben verstanden, dass es Unrecht
war, auf Schwestern und Brüder einzuschlagen, nur
um Besitz und Macht für ein paar kranke Köpfe zu
schützen. Bewusstseinssteigerung und eine höhere
Reflexionsfähigkeit dank Bildung, dank Internet
war der Schlüssel für Friedenserhaltung. Bewusstseinsbildung ist nun mal der Schlüssel für ein ge-
rechtes Miteinander in sozialen Gesellschaften.
Diese Entwicklung war nicht mehr aufzuhalten.“

„Erstaunlich, wie ging es dann weiter?“

„Ja, diese Solidarität im Geiste der Menschlichkeit, war dann auch der Durchbruch auf dem Weg
zur dauerhaften Veränderung, zur nachhaltigen Rettung dieses Planeten, wenn ich das so pathetisch
formulieren darf. Vor allem die Jugend, ich muss es
immer wieder betonen, Frau Alisya, das war schon
sehr beeindruckend, die wollten ihre Zukunft nicht
zerstört sehen, die kämpften mit ihrem Herzen gegen die Machtgier und für diesen Planeten. Ja, das
hat mich und viele, viele Menschen schwer beein-
druckt. Das Engagement dieser mutigen Jugend
machte uns bei *SAVE&T.O.P.* dann wieder mutig
und stark. Nicht zuletzt unterstützten immer mehr
Menschen und kleine Gruppen durch die globale
Vernetzung diesen gemeinsamen sehr, sehr steilen
Aufstieg. Aber – wir hatten Erfolg: bessere Bewusstseinsbildung, bessere Umverteilung der Res-

sourcen, das war natürlich ein sehr probates Mittel gegen Gewaltausbrüche und Korruption. Sich über das eigene SEIN bewusst werden – scheint einfach und ist doch so schwer!

Es gibt nur eines, das auf Dauer teurer kommt als Bewusstseinsbildung, und das ist keine Bewusstseinsbildung, ist doch klar! Was verstehen wir nun unter Bewusstseinsbildung? Wie können wir uns der Ursachen unseres Handelns *bewusst* werden?

Was sind die Ursachen von Gewalt, zum Beispiel? Es geht um mangelnde Anerkennung und Kränkungen, im persönlichen Bereich wie auch im kollektiven. Stellen Sie sich nur einmal vor: Bis 2025 hatten wir weltweit so an die 300 Millionen Kinder ohne Schulbildung. Diese Kinder waren allesamt potentielle Opfer für Missbrauch, Kinderarbeit und Kindersklaverei bis hin zur perversen sexuellen Ausbeutung von Kindern – dem musste Einhalt geboten werden!

Ein relativ langwieriger, aber lohnender Prozess. Mehr als fünfzehn sehr schwierige Jahre mussten vergehen, um diesen Planeten wieder einigermaßen ins Gleichgewicht zu bringen. NGOs vernetzten sich immer besser und arbeiteten gemeinsam Pläne aus, wie letztendlich durch Bewusstseinsbildung, Aufklärung und Umverteilung Kriege und Feindseligkeiten beendet werden können. *SAVE&T.O.P.* unterstützte sie dabei natürlich, wir hatten die Mittel und die vernetzten Strukturen aufgebaut. Ohne eine Weltfriedensarmee[21], wie gesagt, hätte das natürlich nicht funktioniert. Frauen und Männer waren rund um den Globus friedensstiftend im Einsatz. Ein im wahrsten Sinne des Wortes fast gewaltfreies Friedensprojekt. Fünfhundert Millionen freiwillige HelferInnen sind weltweit mit Herzblut für Frieden und Gerechtigkeit im Einsatz. Eine gigantische Lawine für das Leben kam da ins Rollen! Es hat alles ganz einfach begonnen, mit einem kurzen Text für den Frieden. Dieses Manifest, Sie kennen es ja bereits, Frau Alisya, verbreitete sich im rasenden Tempo über alle verfügbaren Netzwerke dieses Planeten. Aber, Frau Alisya, wie Sie sich denken können, ich habe es auch schon erwähnt, und ich kann es nicht oft genug wiederholen – verzeihen Sie meine Emotionalität, Sie verstehen mich sicher, dass alles hat mich sehr bewegt – keiner dieser machtgierigen, pathologischen Diktatoren hätte freiwillig das Feld geräumt. Man kann sich heute kaum noch vorstellen, was sich zwischen den Jahren 2034 bis 2045, hundert Jahre nach dem letzten Weltkrieg, alles ereignet hat. Diese, ja fast explodierende Freude vieler verarmter Bevölkerungsgruppen nach der Befreiung durch die Friedenstruppen aus Diktatur und Unterdrückung – unbeschreiblich. Mein Großvater, leider schon verstorben, er war deutscher Widerstandskämpfer im zweiten Weltkrieg unter der Nazi-Diktatur gewesen. Er er-

---

[21] Wird von Menschen aus über 50 Staaten gebildet, die sich für den Einsatz zur Abrüstung und Umsetzung verschiedener Friedensprozesse verpflichten.

zählte mir von der Befreiung durch die Alliierten aus dem KZ-Dachau, erzählte von der Freude, erzählte mir von den Tränen, die tagelang vergossen wurden. Sie sehen, mir kommen sie auch, ich kann die Gefühle meines Großvaters nachvollziehen.

Ja, schreiben Sie darüber, Frau Alisya, schreiben Sie über das, was euch bevorsteht, und machen Sie den Menschen Mut, den werden sie brauchen.

Ich weiß im Moment nicht, ob ich da in einem Traum bin oder vielleicht schon geistig umnachtet. Ich spreche mit jemand aus der Vergangenheit? Wie schräg ist das denn? Diesen Teil meiner Biografie, diese Begegnung mit Ihnen, Alisya, glaubt mir wohl niemand. Obwohl, man hört ja immer öfter von solchen Zeitreisen ... Ich habe da nur keinen Zugang, Sie verzeihen, Alisya, …

… ich bin jetzt auch etwas müde geworden … nein, keine Sorge, geht schon wieder … “

… **„Ich bitte Sie, Frau Professorin, ich kann das gut verstehen. Ich bin auch schon ... aber es ist alles so aufregend. In meiner Zeit werde ich da mit Sicherheit so meine Schwierigkeiten bekommen, wenn ich das publiziere, was Sie mir da alles anvertrauen ... aber daran will ich vorerst gar nicht denken.“**

„Wir haben da eine Parallele, Frau Alisya. Vielleicht wird man eines Tages die Geschichtsbücher vergleichen … dann haben die Historiker sicher ein Rätsel zu lösen. Gut, weiter in meinen Erzählungen: Nach den oben berichteten Umbrüchen und Umstrukturierungen mussten als Erstes der Hunger und Durst in vielen Regionen gestillt werden. Wie man ausreichend Wasser und Nahrungsmittel zur Verfügung stellen kann, auch das wurde von den NGOs großartig organisiert. Es entstanden die erwähnten Friedenscamps. Ja, das waren die ersten Schritte, um diesen Planeten schließlich zu retten."

„Unglaublich! Wie konnte diese kooperative Welt letztendlich stabilisiert werden? Hier geht es ja auch um Nachhaltigkeit!"

„So ist es! Schauen Sie: Durch massive Einsparungen der weltweiten Rüstungsausgaben wurden die nötigen Finanzmittel frei. Wir sprechen hier von vielen, vielen Billionen Dollar, habe ich doch schon erwähnt. Damit konnten wir Konfliktlösungs- und Ernährungsprojekte, die auf ökologischer, sozial-humanistischer und nachhaltiger Marktwirtschaft basierten und von uns global koordiniert wurden, realisieren. Unzählige Kooperativen wurden weltweit gegründet, sozusagen Selbstversorger im Bezug auf Ernährung und Wohnraum. Darüber später mehr. Auch wie sich die Ökonomie in den nächsten Jahrzehnten noch besser entwickeln wird, erkläre ich Ihnen gerne später. Ich bin noch nicht durch, bitte haben Sie noch ein wenig Geduld. Die weltweite Energieversorgung wird in Zukunft global umweltfreundlich funktionieren, da bis jetzt schon auf Basis von Mikro-Kraftwerken ganz auf erneuerbare Energien, auch in den Schwellenländern umgestellt wurde, im Detail dazu auch später. Das hat natürlich vorerst zu einem Zusammenbruch der Ölindustrie geführt. Aber auch das haben wir in den Griff bekommen, nicht ohne Blutvergießen, muss ich leider erwähnen, da ja die OPEC-Staaten von den USA und anderen Ländern mit genügend Waffen hochgerüstet worden waren. Hauptsächlich in Afrika wurden nach Beseitigung der Diktaturen in den Wüsten riesige Solarstromfelder errichtet, sozusagen als Entschädigung für die leidenden Menschen vor Ort. Allerdings nur unter der Bedingung, dass alle Einwohner ein Grundeinkommen daraus beziehen. Die afrikanischen Völker wurden somit ‚Besitzer' der Solaranlagen und der Nutzungsrechte für ihr Land, für ihre Bodenschätze. Afrika ist reich, wir im Westen hatten es nur jahrhunderte-lang ausgebeutet, hatten den Diktatoren Waffen geschickt, sie haben uns Flüchtlinge geschickt, ein Teufelskreis musste da durchbrochen werden.

Zuversicht, ja, wir hatten Zuversicht! Eine unvorstellbare Aufbruchsstimmung überschwemmte die Länder Afrikas. Dieser Kontinent ist, wie gesagt, doch so reich an Bodenschätzen, sofern der ausbeuterische Westen diese Bodenschätze nicht an sich reißt, und dafür haben wir durch Demokratisierung gesorgt. Die Menschen in Afrika konnten sich selbst versorgen, ihre eigene Wirtschaft aufbauen, ihr Land bewässern – ja, sie konnten ihr Leben einrichten. Europa und der Rest der Welt profitierten aber auch von dieser Entwicklung. Die großen Migrationswellen aus Afrika hatten sich somit erübrigt, einfach ‚nur' durch die Umsetzung der Menschenrechte und Neutralisierung der Diktaturen.

Und was passierte bei uns im Westen? Wasserkraft, Gezeitenkraftwerke, Wind- und Sonnenenergie ergänzend zu den Mikro-Kraftwerken sichern schon seit den 30er Jahren die Energieversorgung der Privathaushalte ab. Die Luftverschmutzung ist dadurch auf ein Maß gesunken, das von der Natur hoffentlich kompensiert werden kann – wir sind da noch nicht ganz durch! Eine große Anzahl von Atomkraftwerken konnte gegen den Widerstand der Atomlobby stillgelegt werden, dank massiven Drucks der KonsumentInnen. Die kauften einfach keinen Atomstrom mehr. Was darf ich Ihnen noch erzählen?“

„Wie … entschuldigen Sie, es ist alles so überwältigend … ich muss da jetzt … ja, ich wollte noch … die Mobilität, wie hat sich die Mobilität entwickelt?“

„Verstehe, mir wird – jetzt durch die Erzählung – erst so richtig bewusst, was wir alles bewegt haben… ja, die Mobilität, was hat sich in diesem Bereich bewegt? Mobilität wird ja schon seit zehn Jahren oder mehr nur mehr über Sonnenenergie durch E-Mobile, Schwebebahnen und abgasfreie Antriebswerke wie Wasserstoffmotoren gewährleistet. Die Anzahl von Privatfahrzeugen hat sich halbiert, die Menschen sind in der Gemeinwohl-Ökonomie angekommen. Teilen und Mieten statt besitzen, ist einfach günstiger und befreit von Neidgefühlen. Leider noch nicht weltweit, aber wir von *SAVE&T.O.P.* bleiben dran.“

„Diesen Trend des Teilens spüre ich jetzt auch schon, gut dass sich die Vernunft durchgesetzt hat. Und wie sieht es mit der Ernährung aus?“

„Bevor ich darauf näher eingehe, noch ein paar Worte zur Landwirtschaft: Sie müssen bedenken, wir im ‚reichen Westen‘, bekamen auf Grund der Unwetterkatastrophen und Dürreperioden ein Ernährungsproblem und das über Jahre hinweg. Wir waren auf Importe aus anderen Ländern und künstlich hergestellte Nahrung angewiesen. Da kehrte sich etwas um in der Nahrungsmittelwirtschaft. Der ‚reiche‘ Westen wurde zum Bittsteller bei seinen ehemaligen Kolonialstaaten; eine sehr demütigende Erkenntnis, wie Sie sich vorstellen können, Frau Alisya…

…bitte, schreiben Sie das unbedingt! Das war sicherlich ein Auslöser, der selbst die Gewinner des Finanzkapitalismus zum Einlenken brachte. Denn auch diese Herrschaften mussten einsehen, dass man Geld nicht essen kann und Grünflächen nicht ewig zubetonieren sollte. Seit den Hitzeperioden und Dürrekatastrophen einerseits und den Überschwemmungen und Unwettern andererseits, so vor ca. 30 Jahren in ganz Europa, Asien und großen Teilen der USA, wurde ein radikales Umdenken und Handeln erforderlich.

Durch diesen Notstand fiel der Energieverbrauch auf unter 50%, was wiederum dem Klima zugutekam. Die Unwetter nahmen wieder ab, eine Belohnung von oben, wenn Sie so wollen. Für die kleinbäuerliche Biolandwirtschaft inklusive der Aufforstung von Waldgebieten war das *der* ‚Neubeginn‘.

Den Biolandwirten wurde über die neuorganisierte WHO[22] wieder ein zentraler Stellenwert zuerkannt."

„Erstaunlich, wie konnte das realisiert werden?"

„Landwirtschaftlicher Grundbesitz wurde in ein Nutzungsrecht umgewandelt und bekam auf die Fläche bezogen eine Obergrenze, d.h. kein Großgrundnutzungsrecht, keine Monokulturen."

„Sie meinen also eine Enteignung von Grundbesitz?"

„Ja, das war unerlässlich! Der Grund und Boden dieses Planeten darf von allen Bewohnerinnen genutzt werden. Sie müssen das historisch betrachten: Privatbesitz wurde ursprünglich von Menschen, meist auch durch Gewaltanwendung, als solcher definiert, denken sie nur an die Vertreibung und Ausrottung der Indianer hier in den USA. Es war nicht das Land der sogenannten Weißen. Wir waren die Eindringlinge, die Gier hat dieses Land erobert. Privatbesitz war nie ein Naturgesetz – eigentlich eine Anmaßung! Natürlich, die Enteignungsverfahren haben bürgerkriegsähnliche Zustände erzeugt, wie Sie sich vorstellen können. Sie müssen bedenken, Frau Alisya: Menschen, die Jahrzehnte und Jahrhunderte Großgrundbesitz und Großproduktion durch ausbeuterische Maßnahmen an sich gerissen haben, diese Menschen konnten

---

[22] Weltgesundheitsorganisation: Alle produzierten Nahrungsmittel müssen von der WHO genehmigt werden; dies kann über einen digitalen Code überall und jederzeit überprüft werden.

nicht begreifen, dass dieser Planet mit all seinen Ressourcen für alle zur Nutzung verfügbar bleiben muss, wenn wir Hungersnöte, und Armut beseitigen und den Frieden erhalten wollen. Da ist viel Blut geflossen, in den vergangenen Jahrhunderten und auch in diesem."

„Kann denn nur Blut den Lauf der Dinge verändern?"

„Interessante Frage, es scheint so! In den USA gab es so um 2020 mehr Waffen als Einwohner. Alle fünf Minuten ein Mord. In diesem Land wurde Gewalt zur Normalität. Die Waffenindustrie regierte dieses Land! Wie krank war das denn? Damit musste Schluss gemacht werden!"

„Ja, das Problem ist mir auch bekannt. Nur, die Enteignungen, welche auf eure Veranlassung durchgeführt wurden, waren sicher auch nicht gewaltfrei, wenn ich mir die Bemerkung erlauben darf!"

„Dürfen Sie, Alisya, dürfen Sie! Schauen, Sie – was für eine Wahl hatten wir? Wir wollten bei den Enteignungsverfahren mit Sicherheit keine Gewalt anwenden, bei vielen GrundbesitzerInnen war es auch nicht notwendig, sie wurden gut entschädigt und konnten einen Teil des Grundstückes weiter nutzen, als Biolandwirte im Sinne der Nachhaltigkeit versteht sich. Aber es gab immer wieder uneinsichtige Industrielandwirte. Monokulturen und der Einsatz von Pestiziden wurde nun mal von der WHO als Verbrechen an der Menschheit eingestuft – und das mit Recht! Ab 2035 durften landwirtschaftliche Produkte keine Spekulationsobjekte mehr sein. Grundnahrungsmittel mussten daher weg von den Börsen, damit wurde die Hungerproblematik bereits weltweit gelöst. Nahrungsmittel mussten einfach für alle leistbar und gesund bleiben – rein in den Verfassungsschutz – ist doch ein Menschenrecht, oder? In den landwirtschaftlichen Betrieben und Kooperativen gelten seitdem weltweit Mindestlöhne, bis sich die geldlose Gesellschaft durchgesetzt hat, möchte ich an dieser Stelle betonen. Löhne, von denen Familien menschenwürdig leben können. Diese Mindestlohnregelung wurde auch für alle Industriebetriebe gültig, von denen heute nur noch wenige im Privatbesitz sind. Der Profit wurde zu gering, da schwindet das Interesse der Aktionäre. Gewinne und Verluste werden seit kurzem auf die soziale Gemeinschaft übertragen – das heißt, Verantwortung wird gemeinsam übernommen. Vor dieser Umstellung wurden der sozialen Gemeinschaft nur die Verluste umgehängt, Stichwort: Bankenkrisen! Die Schulden der Großbanken mussten alle Bürger begleichen, aber die Gewinne wurden privatisiert und niemand, bis auf wenige Ausnahmen, schrie: Stopp, so geht das nicht! Gut, die Banken wurden wieder auf ihr Grundgeschäft reduziert: auf das Sparen und die Vergabe von Krediten zu seriösen und fairen Konditionen. Der Handel mit Geld als Ware, bekannt unter dem Namen Finanztransaktionen, wurde weltweit untersagt. Dadurch wurden natürlich tausende Broker arbeitslos – unser Mitleid hielt sich in Grenzen, wenn ich mir diese Bemerkung erlauben darf. Es war ein sehr hartes Stück Arbeit, die Großbanken hatten ja bereits die Regierungen und die Politiker im Würgegriff, sie bestimmten die Weltwirtschaft. Das nahm ja schon Mafia-ähnliche Züge an, wie Sie sich vorstellen können."

„Das kann ich mir absolut vorstellen, ich habe ja auch schon die Bankenkrise 2008 erlebt, aber wir haben bis jetzt daraus nichts gelernt. Umso mehr freut es mich, von Ihnen zu hören, dass damit Schluss gemacht wurde. Mich beschäftigt aber noch ein anderes Thema: Das globale Lohndumping. Wie hat sich das entwickelt?"

„Ja, der nächste Brocken. Durch das global einheitliche Lohnniveau – das war auch ein harter Kampf – wurde Lohndumping unmöglich, und damit entfällt größtenteils auch der ressourcenverschlingende Handel. Kleine Gruppen und Gemeinschaften, die Kooperativen, wie gesagt, bekommen das Nutzungsrecht für ein Stück Land und leistbare Mikro-Kredite für Kleinproduktionen. Bevor jetzt der Einwand kommt, das sei Kommunismus[23], möchte ich Ihnen Folgendes sagen: Den sogenannten Kommunismus hat es de facto ja nie gegeben, dieser Begriff wurde von Diktatoren wie Stalin, Mao Zedong und den Gewinnern des kapitalistischen Systems missbraucht. Das Wort Kommune kommt aus dem Lateinischen und bedeutet *gemeinschaftlich*, sonst nichts – hat mit Diktatur nichts am Hut! Wissen Sie, Frau Alisya, wahre Solidarität,

---

[23] Diese Ismen wie Kommun*ismus*, Kapital*ismus*, Nationalsozial*ismus* haben der Menschheit viel Leid gebracht.

Freiheit, Nutzungsrecht für alle und gerechte Umverteilung hat es im sogenannten Sozialismus des
vorigen Jahrhunderts nie gegeben. Sehr wohl gab es
Überwachung und Parteibonzen, und die gab es im
westlichen Konsum- und Finanzkapitalismus auch.
Eine der vielen falschen Mären, die da immer wieder am Köcheln gehalten wurden. Deshalb war die
Zeit gekommen, Frau Alisya, wo echte Solidarität
und Anteilnahme gelebt werden mussten, sonst
wäre dieser Planet bald kollabiert. Vom diktatori-
schen Konsum- und Finanzkapitalismus, der modernen Sklavenarbeit, zum solidarischen Humanis-
mus, zur gerechten Umverteilung, das war und ist
unsere Devise. *Humanistische Solidarität*[24], haben
wir die Zeit der wahren Freiheit genannt; schreiben
Sie darüber. Bedenken, Sie, Frau Alisya: Gerechtigkeit, Solidarität und Freiheit brauchen keine abge-
griffenen Schubladen, in die man sie verfrachten
will. Das sind einfach Menschenrechte – Punkt!
Wir sind auf gutem Wege ein menschenwürdiges
Leben für alle auf diesem Planeten möglich zu machen! In den Billiglohnländern arbeiteten Millionen
Menschen für drei Dollar am Tag, deshalb konnte
man sich in den USA eine Jeans um zehn Dollar
kaufen. Die Lohnsklaverei musste zu einem Ende
gebracht werden! Das hat nichts mit Kommunismus
oder Enteignung zu tun, das hat etwas mit Men-

---

[24] Die humanistische Solidarität stellt die Würde des einzelnen
Menschen ins Zentrum ihrer Überlegungen. Sie versucht, die Kraft
zur Toleranz und zur Solidarität zu stärken, und möchte junge Menschen gleichwohl befähigen, gegen Dogmatismus und Fanatismus
bewusst Widerstand zu leisten.

schenwürde zu tun, das hat etwas mit einem Paradigmenwechsel vom ICH zum WIR zu tun! Frau Alisya, schreiben Sie das bitte, genau so!"

„Damit habe ich kein Problem, Sie sprechen mir aus der Seele!"

Sie spricht ja wie ein Wasserfall, schwierig, bei ihr zu Wort zu kommen! Andererseits, die Zukunft ist so spannend, ich könnte ihr stundenlang zuhören ...

„Das freut mich, dann weiter ... zur Ernährungsproblematik noch ein paar Bemerkungen: Die horizontalen landwirtschaftlichen Flächen können das Ernährungsproblem der Zukunft nicht lösen, das ergaben unsere Hochrechnungen. Das Bevölkerungswachstum auf diesem Planeten wurde unterschätzt. Deshalb mussten wir andere Möglichkeiten des Anbaus finden. Die Lösung war: vertikale Grünflächen! Die vertikale Landwirtschaft, an den Hochhäusern in den Großstädten – klingt verrückt, war und ist aber immer noch ein Volltreffer. Stockwerk über Stockwerk, mitten in der Stadt. Eine Revolution der Landwirtschaft. Bedenken Sie: Von den 10 Milliarden Menschen leben heute 70 Prozent in Großstädten. Kommen Sie, Frau Alisya, gehen Sie zum Fenster und schauen Sie – Sie sehen nur noch grüne Hochhäuser!"

Es war ein unglaublich schöner Anblick, eine Stadt mit grünen Türmen offenbarte sich mir. Ich kannte das, aber eine ganze Stadt?

„Ja, wir suchten nach Möglichkeiten, mehr Nahrung auf weniger Fläche zu produzieren. Schauen Sie, Alisya, der Agrarwolkenkratzer um die Straßenecke, zu Ihrer linken Seite, er versorgt seine Bewohner mit ausreichend Gemüse und Obst. Alles hinter Glas, optimal durch Erd- und Sonnenenergie temperiert. Ein weiterer angenehmer Nebeneffekt: mehr Sauerstoff durch die Pflanzen.

Es war ein langer Weg, vor allem bei den alten Bauten war die Lösung nicht einfach, bei den neuen konnten wir ja in der Planung die vertikalen Gärten berücksichtigen. Wir konnten die Landwirtschaft ökonomischer und ökologischer gestalten. Energieintensive Transportwege für Gemüse wurden großteils überflüssig. Im Innern der Gebäude waren Pflanzen sicherer vor Schädlingen, sodass auf giftige Pflanzenschutzmittel verzichtet werden konnte. Durch moderne Bewässerungsanlagen wie die Tröpfchen-Bewässerung konnten bis zu 75 Prozent Wasser gespart werden. Durch die Digitalisierung haben wir eine bessere Kontrolle über Nährstoffe, Beleuchtung und Bewässerung, dadurch sind ausreichende Erträge möglich. Ja, der Stadtbauer und die Stadtbäuerin wurden geboren. So viel zur urbanen Ernährungslösung.

Sonnenenergie alleine reichte natürlich nicht aus, wir benötigten auch noch andere Energiesysteme. 2030 schafften unsere Kernfusionsforscher den Durchbruch: Der Fusionsreaktor wurde Realität. Saubere Kernenergie versorgt nun große Teile dieses Planeten – vor allem in sonnenarmen Gebieten – mit Energie, ohne einen Beitrag zur globalen Erwärmung oder bei der Herstellung gefährlicher Abfallprodukte in größerem Umfang zu leisten. Nun, was möchten Sie noch wissen, Frau Alisya?“

**„Beeindruckend, diese Ernährungsge-
schichte, sehr beeindruckend! Was wollte ich
noch … ja, politisch, wie …"**

„Was politisch noch geschehen ist? Nun ich
fasse mich kurz, ja? Im Telegrammstil! Auf natio-
naler und globaler Ebene wurden neue Regierungs-
formen, basierend auf Minderheitenrechten in sogenannten Regionen geschaffen. Der Nationalstaat an
sich wurde dadurch obsolet gemacht! Alle Menschen wurden Weltbürger. Regionalparlamente und
flache Hierarchien wurden etabliert. Das läuft allerdings noch nicht ganz rund. Wie Sie sich sicher vorstellen können, Frau Alisya, gibt es natürlich immer
wieder Menschen, die ihren alten Nationalstaat zu-
rückwollen, aber auch diese Gruppen werden ir-
gendwann ihr Bewusstsein weiterentwickeln und
einsichtig werden. Durch die Etablierung basisde-
mokratischer regionaler Kleinparlamente wurde
eine gewaltige Energie für kreative Kooperationen
freigesetzt. Konstruktion statt Destruktion wurde
nicht nur Grundhaltung in den Regionalparlamenten. Alles, was beschlossen wurde, musste nachhaltig zum Wohle aller Menschen und der Umwelt
dienlich sein, das war der oberste Grundsatz bei der
Entscheidungsfindung in den Parlamenten. Niemand durfte, durch welches Handeln auch immer,
zu Schaden kommen oder diskriminiert werden.
Diese Grundgesetze und noch einige andere mehr
bekamen auch Verfassungsrang, weltweit. Eine
wahrlich historische Leistung. In den Parlamenten
gab es ja kein Parteiensystem mehr, wie Sie es in
Ihrer Zeit noch kennen, es gab nur mehr Projekt-

gruppen durch Bürgervertretungen, verbunden mit
Ethikkommissionen, welche die Bürgerrechte im
Blick hatten. Dadurch wurden Lobbying und Privat-
interessen als Basis für Korruption unterbunden. Sie
schütteln den Kopf, Frau Alisya? Gauben Sie mir,
ich konnte es lange Zeit auch nicht glauben, konnte
nicht glauben, dass eine gerechte Welt noch möglich ist, bei dem Chaos und den Grausamkeiten, die
noch vor 2035 herrschten. Was darf ich Ihnen noch
erzählen? Ach, ja, Plastikmüll und Klimaerwärmung, auch so ein Killerthema: Leider konnten wir
nicht verhindern, dass fast ganz Polynesien[25] – das
waren an die 500(!) Inseln – durch den Anstieg der
Meeresspiegel verschwand, um nicht zu sagen abgesoffen ist. Ein Teil der dort lebenden Menschen
konnte gerettet werden, nicht alle, eine Katastrophe.
Ab diesem Zeitpunkt mussten die letzten Ignoran-
ten ihre Zweifel an der globalen Klimaerwärmung
aufgeben. Selbst der Golfstrom bewegte sich seit
Beginn des Jahrhunderts immer langsamer. Sie,
Alisya, und die Menschen in Europa werden es bis
2030 und darüber hinaus erfahren: Sehr heiße Som-
mer, mehr Unwetter und wesentlich härtere Winter
erwarten euch in den nächsten Jahren. Wissen Sie,
Alisya, die meisten Menschen erkannten nicht die
Hauptursache für den Klimawandel: Es waren die
Auswirkungen der negativen Rückkopplungspro-
zesse in der Natur. Die Natur antwortet für unser
Zeitgefühl immer sehr spät auf Schadstoffprodukti-

---

[25] Seit 2010 wurde von namhaften Klimaforschern vor dieser
Katastrophe für die polynesischen Inseln gewarnt.

onen. Nur wenige Wissenschaftlerinnen glaubten daran, dass Schadstoffe, welche die Menschheit so bis 1990 und später, dass diese Schadstoffe erst 40 Jahre später das Leben auf Erden zur Hölle machen werden. Zuviel Hitze und zu viele Überschwemmungen, zu viel Migration mangels Nahrung, von allem zu Viel; die Gier, Frau Alisya, ist die Ursache für Rückkopplungseffekte, die Gier und die damit verbundenen Überproduktionen trieben uns in den Kollaps!

Nun noch ein Wort zum Plastikmüll: Wir drohten daran zu ersticken. An die 15 Millionen Tonnen landeten jährlich in unseren Meeren und als Mikropartikel auch in der Luft. Wir sahen diese erschreckenden Bilder: Wale, deren Mägen voll mit Plastikflaschen und Plastiksäcken waren ... Schildkröten hatten sich im Plastikmüll verfangen und sind dadurch qualvoll ertrunken. Die Bosse der Plastikindustrie ersäuften sich indessen im Champagner – dieser Seitenhieb musste jetzt sein ...

Es war wirklich ganz, ganz schrecklich: Wir standen vor einer echten Katastrophe, das war so um 2031. Wir konnten durch eine Studie feststellen: Fast 90 Prozent des Plastikmülls, der in unseren Ozeanen landete, stammte aus nur zehn Flüssen in Afrika und Asien. Fazit: Würden wir also diese Flüsse von Plastikmüll frei bekommen, könnten wir unsere Ozeane vielleicht retten! Wir schickten daher Experten in die betroffenen Gebiete, um Säuberungspläne auszuarbeiten. Es wurden riesige Aufklärungskampagnen entlang der verschmutzten Flüsse gestartet. Siebzigtausend Arbeitsplätze wurden aus dem Boden gestampft; Recycling- und UmweltingenieurInnen – ein riesiges Berufsfeld explodierte förmlich.

Und: Wir haben es geschafft, wir haben die Flüsse sauber bekommen. Aber nicht nur die Flüsse mussten gereinigt werden, auch unsere Atemluft drohte uns durch Feinstaub, Schwermetalle und Giftstoffe förmlich zu ersticken. Heute ist unsere Mobilität zu Land und in der Luft fast gänzlich durch Solarenergie von Verbrennungsmotoren befreit, unsere Lungen können wieder einigermaßen gute Luft atmen. Bis dahin mussten allerdings an die 50 Millionen Menschen, so die Schätzungen der WHO seit 2021, an Lungenerkrankungen sterben.“

„Das überrascht mich jetzt gar nicht, die Luftverschmutzung in unseren Ballungsräumen ist jetzt schon sehr bedrohlich und wir schreiben erst 2019!“

„Nur noch ein Wort zum Plastikmüll: Welchen Schaden diese Plastikteile im Ökosystem der Meere tatsächlich anrichteten, merkten wir sehr deutlich erst so ab 2033. Man wusste es schon lange vorher, aber die Kunststoffindustrie verdiente Milliarden mit dem Zeug, das war das Problem. Durch die Strömungen wurden die Plastikflaschen und Taschen in kleinste Teile gerissen und landeten am Meeresboden. Besonders in den Meeren um China, den Philippinen, um nur einige zu nennen, gab es stellenweise mehr kleinste Plastikteile als Plankton im Wasser. Von dort gelangten diese Kleinstteile in die Meerestiere wie Muscheln, Fische oder auch Fischlarven, aber auch in den Mägen der Seevögel.

Letztlich landete das Plastik über die Nahrungskette wieder beim Menschen – haben wir doch gut gemacht, oder? Ein Großteil der Fischproduktion wurde somit für uns Menschen ungenießbar. Der Mensch ist erfinderisch. Es war natürlich kein Zufall, dass fast parallel zum Wegfall der Fische als Eiweißlieferant Protein synthetisch in großen Mengen produziert wurde. Sie können so ein Kunststeak kaum noch von echtem Fleisch unterscheiden. Mittlerweile ist es auch kostengünstiger geworden. Wir konnten zwar die Plastikproduktion stark eindämmen und durch abbaubare Stoffe ersetzen – ob sich die Meere langfristig erholen, bleibt jedoch noch abzuwarten.

Gut, zurück zur Ökonomie und Bildung: Durch die faire Umverteilung der Ressourcen, durch eine menschenorientierte Bildungspolitik und durch die damit verbundene Bewusstseinstransformation sanken Gewaltbereitschaft und Kriminalität auf ein Minimum.“

„Wie konnte das gelingen? Wie kann man sich das in der Praxis vorstellen?“

Wir integrierten schon in den Schulen verstärkt therapeutisch-soziale Selbsterfahrung, förderten soziale und emotionale Intelligenz. Der Umgang miteinander bekam höchste Priorität. Die Pauker-Fächer wurden stark dezimiert, es ist doch jederzeit und überall jede Information abrufbar und große Bereiche der Produktion sind ohnehin automatisiert, werden von Robotern erledigt. Der heutige Ingenieur ist ein Roboter. Durch Unwissenheit und mangelnde Erfahrung entstandene Projektionsflä-

chen und Feindbilder für Wut- und Aggressions-
schübe sind größtenteils durch Selbsterfahrung und
erhöhte Reflexionsfähigkeit nicht mehr vorhanden.
Das Bewusstsein ist nicht mehr im hohen Maße
EGO-gesteuert. Vom ICH zum WIR, das wurde
größtenteils Realität, was die westlichen Länder betrifft. Das war und ist unsere Bildungspolitik, das
Rückgrat unserer Gesellschaft, da bleiben wir dran.

Bedenken, Sie, Frau Alisya, wenn ich so dreißig
Jahre zurückdenke: Unvorstellbar, was sich alles
verändert hat! Zu Ihrer Frage bezüglich Nachhaltigkeit: Was wurde notwendig? Wir haben viel in die
Ausbildung von SozialarbeiterInnen und in die Bewusstseinsbildung investiert. Neue Sozialberufe
lösten die Industriearbeiterberufe wie Fertigung und
Montage ab, das können Roboter besser. Die Menschen haben jetzt mehr Zeit füreinander. Schön
langsam entwickelte sich ein Klima der Solidarität
und somit der Grundstein für ein friedvolles Miteinander. Eine Utopie nahm Gestalt an."

„Das klingt ja alles wie in einem Traum!"
*Was für ein Wortspiel ... ich kann es fast nicht
glauben.*
„Bitte erzählen Sie weiter, Frau Professor."
„Was hatte das nun zur Folge? Im sozialen und
im Gesundheitsbereich gibt es heute keine Zwei-
klassengesellschaft mehr. Durch die bewusstseins-
erweiternden Erfahrungen ist es weitgehend gelungen, eine Transformation einzuleiten: Vom *Egoismus* hin zu *Altruismus*, zu mehr sozialer und emoti-
onaler Kompetenz. Im Bewusstsein musste veran-
kert werden, dass nur durch Kooperation friedliches

Überleben für alle möglich ist. Dadurch konnten interkulturelles Misstrauen, rassistisches Gedankengut, ethnische oder religiöse Konflikte eingedämmt werden. Ja, und natürlich musste die Ungleichstellung der Geschlechter aufhören. Dieser Prozess ist vor allem in manchen afrikanischen und asiatischen Ländern noch nicht abgeschlossen.

Ja, das waren jetzt nur einige Punkte, welche von *SAVE&T.O.P.* initiiert und dann auch umgesetzt werden konnten. Der Weg wird aber noch sehr mühsam, Frau Alisya, das wissen wir beide, und ich bin mir natürlich nicht sicher, ob wir auch eine gewisse Nachhaltigkeit erreichen, beziehungsweise erhalten können. Durch diesen Wandel haben wir uns nicht nur Freunde gemacht. Ich bin mir auch nicht sicher, ob die Menschheit überhaupt überleben will, ob diese Eigendynamik, die sich da entwickelt hat, auch halten wird. Gut, ich weiß es wirklich nicht – aber einen Versuch war es schon wert, das herauszufinden. Nach einer weiteren großen Finanzkrise, erneut ausgelöst durch eine Immobilienblase und viele andere legal-kriminelle Geldgeschäfte, sagten wir uns: Wir können und dürfen diesen Planeten nicht in diesem Zustand weitergeben, das verzeihen uns die nachfolgenden Generationen nie. Fangen wir doch an, unseren Egoismus zu überwinden. Es gibt da draußen Millionen, die so denken wie wir. Junge Menschen, ich habe es schon erwähnt, Millionen, die diesen Planeten – ja, retten wollen. Also, worauf warten wir? Wir hatten zu diesem Zeitpunkt das positive Zukunftsszenario natürlich schon sehr detailliert ausgearbeitet. Wer wollte, konnte sich die Infos im Netz herunterladen. Ohne Internet und faire soziale Medien hätten wir diese ‚Revolution' allerdings nie geschafft. Und: Wir werden diesen Planeten retten, davon bin ich überzeugt, Frau Alisya! Bitte, schreiben Sie das!"

„Davon können Sie ausgehen! Woher nehmen sie nur Ihren Optimismus, Frau McKenzee?"

„Nun, wenn sich die menschliche Natur und damit die Menschheitsgeschichte tatsächlich nur aus pathologischen und destruktiven Energien zusammensetzen würde und die Basisanlagen der Menschen einzig von Gewalttätigkeit, Besitzdenken und Gier geprägt wären, dann wäre unsere Spezies schon längst ausgestorben!"

„Da haben Sie wahrscheinlich Recht. Gehen wir bitte noch etwas ins Detail: Wie hat sich das Internet und die Energieeffizienz in den letzten 25 Jahren entwickelt?"

„Frau Alisya, hätte ich Ihnen vor 55 Jahren, das wäre so um 1995 gewesen, gesagt, dass um 2015 herum Milliarden von Menschen mit einem Ding in der Hand von der Größe einer Zigarettenschachtel audiovisuell miteinander kommunizieren werden. Dass fast alle Daten jedem zur Verfügung stehen und das fast kostenlos, dann hätten sie mich als Utopistin bezeichnet. Deshalb sage ich Ihnen jetzt, wir konnten spätestens ab dem Jahr 2045 fast kostenlos Energie erzeugen, zwar noch nicht weltweit – aber dies ist nur mehr eine reine Zeitfrage, wie in vielen anderen Bereichen auch. Viele haben es jetzt schon, jeder kann sein Mikro-Kraftwerk haben: die Sonne auf dem Dach, der Wind, die Erdwärme, der Kompost, das sind alles Energiebringer, fast kostenlos. Die Investitionen amortisieren sich in ein paar Jahren. Diese Energieautonomie hat ja auch andere Vorteile, die Unabhängigkeit von Gas- und Stromlieferanten, die zugegebenermaßen keine Freude mit dieser Entwicklung hatten."

„Frau Professorin, ich möchte nochmals auf eine Ihrer Kernaussagen zurückkommen: Sie sagten, der Konsum- und Finanzkapitalismus habe ausgedient. Ich kann mir das nur schwer vorstellen, wie ging das vor sich?"

„Frau Alisya, wir leben in bewegten Zeiten, denn wir sind ZeugInnen einer historischen Evolution geworden. Eine neue ökonomische Ordnung hat sich gebildet. Das hat es seit der Industrialisierung im frühen 19. Jahrhundert nicht mehr gegeben, als der Frühkapitalismus die Welt eroberte. Nun wurde der Konsum- und Finanzkapitalismus in seinen Grundfesten erschüttert. Der Grund sind nicht klassische Arbeiteraufstände, der Grund ist der enorme digitale Wandel und seine Auswirkungen.

Wir haben seit geraumer Zeit eine geteilte Wirtschaft: zum einen ein (noch) kapitalistischer Markt, zum anderen eine neue Bewegung, eine Entwicklung von unzähligen Kooperationen als kleine Produktionsgemeinschaften. Ein neues Paradigma in der Weltwirtschaft eroberte sich einen Markt. Es ist eine neue ökonomische Organisationsform, die sich vom Diktat des Privatbesitzes losgelöst hat. Für die jungen Menschen sind Teilen und Anteilnehmen wichtige Werte geworden, Werte, die diesen Planeten mit seinen BewohnerInnen leben lassen.

Schauen Sie, Frau Alisya, die Zeiten, in denen reines EGO-Denken vorherrschte, sind fast Geschichte. Der Konsum- und Finanzkapitalismus bleibt zwar als Restposten noch präsent, hat aber erhebliche Einbußen hinnehmen müssen; dies war ein harter Kampf. Aber letztlich haben die Vernunft und die Menschlichkeit gesiegt. Nun produzieren jungen Menschen die Konsumgüter, die sie zum Leben brauchen, zum Großteil selbst. Hochmoderne 3D-Drucker sind da im Einsatz, die können fast alles herstellen, was man benötigt, um den Alltag zu bestreiten. Biolandwirtschaft und Tauschgeschäfte haben Marktpräsenz. Nur mehr wenige Supergroßmärkte existieren noch. Selbst diese sind großteiles kooperativ organisiert."

„Das klingt ja nach einer echten Alternative zum alten, nicht gelebten Sozialismus, wie Sie erwähnten, und dem polarisierenden Konsum- und Finanzkapitalismus. Ist das der dritte Weg, der ja oft beschworen, aber nie gelebt wurde?"

„Ja, ich gebe Ihnen Recht, aber nur zum Teil; das Kollektiv als ökonomisches Modell ist ja nicht neu: Zurzeit nutzen schon mehr als 3,5 Milliarden Menschen weltweit faire Banksysteme, Wohnkooperationen, Nahrungsmittelkooperationen und regionale Wasser- und Energieverbände. Durch die rasante Digitalisierung entstanden immer neue kooperative Formen, was Wohnen, Mobilität, Ernährung etc. betrifft. Fast alles wird geteilt oder geborgt. Bildung ist auch fast umsonst: Massen-Onlinekurse von Universitäten verhalfen uns zu einem Bildungsboom, in dem Fachkompetenzen gelehrt werden. Gleichzeitig wurden Kapazitäten frei für Sozial- und Bewusstseinsbildung.

In der Ökonomie ist eine Verlagerung eingetreten: vom vertikalen starren kapitalistischen Großmarkt hin zu horizontalen kleinen Kooperationsbetrieben. Eine *Share Economy*, in der statt Massenproduktion die Massen jene Dinge produzieren, die benötigt werden, wie ja Gandhi schon sinngemäß sagte. Ja, Frau Alisya, unsere Utopie wurde Wirklichkeit. Der nächste große Schritt wird die Abschaffung des Geldes sein, damit diese Utopie auch weiterleben darf."

„Es fällt mir wirklich schwer, das alles zu glauben, ich weiß, ich wiederhole mich, aber alles, was Sie mir hier erzählen, das klingt so nach romantischer Sozialfantasie – ja, wie ein Traum …"

„Ja, wie ein Traum, da bin ich ganz bei Ihnen, Frau Alisya. Wieso konnte das aus wirtschaftlicher Sicht funktionieren? Viele Produkte für das alltägliche Leben wurden extrem billig. Zum Beispiel die globale Kommunikation: Im Vergleich zur Situation vor zwanzig Jahren kostet das Internet mit allen kommunikativen Varianten fast nichts mehr. Das hat sich auch in anderen Industriezweigen so entwickelt, weil die kostspieligen Transaktions- und Logistikkosten größtenteils weggefallen sind. Das eröffnete ganz neue Möglichkeiten für die soziale Gemeinschaft. Wir konnten uns auf der Beziehungs-

und auf der Wirtschaftsebene menschenfreundlich organisieren.“

„Nochmal! Das hört sich ganz nach Wirtschaftsutopie an – unglaublich!“

„Ach, das hat ja schon zu Ihrer Zeit angefangen: Die Kultur- und Medienindustrie wurden schon zu Beginn des Jahrhunderts auf den Kopf gestellt. Millionen Menschen teilten Musik, Videos, Nachrichten und Informationen – und das beinahe kostenfrei. Alte Geschäftsmodelle wie die Musikindustrie, Medien und Buchverlage sind verschwunden oder wurden durch Open-Source-Modelle frei zugänglich.“

„Das Phänomen ist mir zwar bekannt, daraus kann ich aber nicht auf den Untergang des Konsum- und Finanzkapitalismus schließen.“

„Gut, ich versuche, es Ihnen zu erklären: Wir sind den Weg der fast kostenfreien Gesellschaft gegangen. Es war eine evolutionäre Revolution der Marktwirtschaft durch die radikale Reduzierung der Grenzkosten[26]. Niemand sah anfangs wirklich die technologische Revolution durch die Digitalisierung kommen, die es möglich machte, die Produktivität so zu steigern, dass die Grenzkosten gegen null tendierten. Im digitalen Internet der Dinge wurden Güter und Dienstleistungen tendenziell kostenfrei. Damit reduzierten sich die Profite drastisch und die kapitalistische Wirtschaft wurde uninteressant. Das hat sich natürlich auf fast alle Wirtschaftsbereiche übertragen.“

---

[26] Grenzkosten sind der Kostenzuwachs, der durch die Mehrproduktion einer Ausbringungseinheit entsteht.

„Das habe ich jetzt noch nicht ganz verstanden ...“

„Also, es ist oder war doch so: Jedes Unternehmen will seine Grenzkosten verringern, das sind Kosten, die für jedes zusätzlich hergestellte Produktionsteil anfallen. Also wurde immer schon versucht, die Produktivität zu erhöhen und mehr Marktanteile zu gewinnen, um den größtmöglichen Profit zu erzielen. Nehmen wir die Energiewirtschaft als Beispiel: Die Energiewirtschaft wurde vom Versorger zum Partner. Warum? Es wurden zigtausende kleine kollektive Energieunternehmen gegründet, das waren Haushalte mit kleinen Mikro-Kraftwerken, sie produzierten alle mehr Strom, als sie benötigten. Dieser Überschuss wurde in das Energie-Internet eingespeist. Die alten Energieversorger wurden somit zum Partner für die digitale Verteilung. Die Stromkosten wurden dadurch gegen null gesenkt. Eine digital-kommunale Energiewirtschaft also. Das Internet hatte sich in ein Super-Internet der Dinge verwandelt. Dank dieser neuen Technologieplattform wurde die Weltwirtschaft neu erobert. Das Internet der Dinge wurde durch Energie- und automatisierte Logistiknetze zu einem großen Kommunikationsnetz verbunden. Das hat die sogenannte vierte Industrielle Revolution[27] ausgelöst. Alles wurde miteinander vernetzt! Die Bereitstellung der Infrastruktur für diese globale Vernetzung war die letzte große Anstrengung von

---

[27] Das Internet der global vernetzten Dinge: Arbeit, Haushalt, Logistik, Produktion, Energie, alles ist miteinander vernetzt.

Großkonzernen im Informations- und Energiebereich. Eine gewaltige Herausforderung, wie Sie sich vorstellen können. So ab 2030 hatten wir weltweit an die hundert Billionen Sensoren mit Produktionsstätten, Lagerhäusern, Transportnetzwerken und der Energieversorgung verbunden. Zwischen Fahrzeugen, Transportdrohnen, Büros, Fabriken und Wohneinheiten werden riesige Datenmengen ausgetauscht. Die Datensicherheit ist ein eigener Industriezweig geworden, natürlich im Verbund von vielen kleinen Kooperationseinheiten[28].

Ja, die digitale Revolution hat unser Denken und Handeln gewaltig verändert, das können wir in nahezu allen Lebensbereichen beobachten. Wir benützen unabhängige Kommunikationssysteme? Wir heilen und produzieren in unseren vier Wänden fast alles selbst! Die Autonomie war und ist uns ein wichtiges Anliegen! Die ‚eigenen‘ vier Wände wurden zum Zentrum der Kreativität. Der Trend hat sich weg von passiv Konsumierenden hin zu aktiv Gestaltenden entwickelt.

Aber: wir hatten noch ein anderes Problem zu lösen, Alisya. In den letzten Jahren entwickelten sich eine Reihe von Technologien, die den Stoffwechsel des Menschen und der Erde durch Attotechnologien umstrukturieren können: Molekulares und subatomares Manufacturing nennt es die Wissenschaft. Angeblich kann dadurch unser Leben unsterblich werden. Durch synthetischen Biologie

---

[28] Teambuilding aus InformatikerInnen, TechnikerInnen und LogistikerInnen

eine unbegrenzte Wiederverwendung aller Rohstoffe, Genome neu erstellen, nicht nur lesen; biologische Mini-Maschinen sind da am Entstehen; die Evolution wird neu erfunden; neue Arten werden entstehen; selbst ein Climate Engineering wird durch Beeinflussung der Sonnenstrahlen erforscht und vieles mehr. Wir leben in einer revolutionären Umbruchphase: sozial, ökonomisch, ökologisch und biologisch. Eine Herausforderung der besonderen Art.

Der Mensch hat sich mit Hilfe von alternativ-sozialen Netzwerken immer stärker zum Schöpfer bzw. zur Schöpferin seiner digitalen Netz-Identität entwickelt. Sie müssen das so sehen, Alisya: Es wurde durch die globale digitale Vernetzung eine Entwicklung von fremdbestimmten Konsumierenden hin zu selbstbestimmten Produzierenden möglich gemacht, das war die positive Seite. Die Menschen teilen Wissen, Erfahrung und Ideen im Netz, schaffen neue Plattformen, die aus sich selbst heraus immer wieder regeneriert werden. Das Innovationssystem der Netz-BloggerInnen wurde ein Kreislauf der Konstruktion und natürlich entstand durch das Internet der Dinge auch das eine oder andere Problem. Bedenken Sie, Alisya, wenn in einer Wohneinheit alles, was digitalisierbar ist, auch digitalisiert wird, damit das Leben angenehmer erscheint, hat das auch Konsequenzen. Das Privatleben wurde – bis wir eine praktikable Lösung gefunden hatten – im digitalen Netz abgebildet, unabhängig auf welche Sicherheitsstandards man zurückgegriffen hatte. Das Eindringen der digitalen Welt in die private Welt – in meinen eigenen, privaten Bereich – kann schon Irritationen auslösen. Ich möchte sagen, es war ein Umbruch im gesellschaftlichen Miteinander, ein Umbruch, der so noch nie stattgefunden hat. Respekt vor Privatsphäre bekam eine neue Bedeutung; es wurde eine unbedingte Neuprogrammierung unserer Privatsphäre notwendig. Das Gefühl der Bedrohung musste abgewendet werden, denn im Zeitalter der Hochdigitalisierung und Transparenz waren plötzlich alle Menschen ohne Vorwarnung auf Sendung. Jeder konnte den eigenen Lebensfilm, aber auch den der anderen sehen. Der digitale Voyeurismus hatte vorerst Einzug gehalten in die Wohnzimmer der Menschen. Für jedes Problem gibt es aber eine Lösung und die haben wir gefunden. Die Datenzugangsbarrieren konnten dank Quantenverschlüsselung wesentlich verstärkt werden. Ich möchte mich da jetzt nicht in Dctails verlieren, zumal mir die nötige fachliche Kompetenz dazu auch fehlt.“

„Das Datenschutzproblem haben wir ja auch schon 2019, deshalb bin ich sehr erleichtert, dass hier eine gute Lösung gefunden werden wird.“

„Ja, diesbezüglich können Sie beruhigend einwirken. Aber noch ein Wort zur Ökonomie. Bedenken Sie, Alisya: Ökonomische Paradigmenwechsel treten in der Menschheitsgeschichte ja nicht sehr häufig auf, aber wenn, dann sind sie immer auf Grund einer signifikanten technologischen Entwicklung geschehen. Das war zum Beispiel bei der Entwicklung der Dampfmaschine so, die erste Industrielle Revolution wurde beispielsweise durch

Telefon und Radio eingeleitet. Und in diesem Jahrhundert ist es wieder so weit – ein gewaltiger technologischer Entwicklungssprung, der sich durch vier wesentliche Komponenten auszeichnet: als Erstes neue Formen der Information und Kommunikation, um die Weltwirtschaft zu organisieren; als Zweites neue Formen der Energie, um sie effizienter zu gewinnen und zu verteilen, wodurch drittens neue Transport- und Logistiksysteme geschaffen wurden und viertens eine bewusstseinserweiternde Entwicklung stattfindet; dies alles veränderte unseren Planeten maßgeblich in den letzten dreißig Jahren. Ob zum Besten, werden wir noch herausfinden müssen."

„Diese totale Vernetzung, alles ist mit allem in Verbindung, das ist auch in unserer Zeit schon spürbar, und hat ja auch Schattenseiten. Da ist die totale Überwachung, Big Brother zum Quadrat, oder sehe ich das falsch?"

„Ich stimme Ihnen zu, aber: Wer immer zum Wohle der Gemeinschaft handelt, hat erstens nichts zu befürchten und zweitens hat jede Bürgerin und jeder Bürger das Recht und auch die Möglichkeit, die gesammelten persönlichen Daten einzusehen und Sperrcodes einzugeben, wenn dies berechtigt ist. Die Architektur des Internets der Dinge ist nun mal horizontal, also auf Kooperationen ausgerichtet: Teilen und gegenseitig unterstützen. Die Macht geht diesmal wirklich direkt vom Volke aus. Der Überwachungsstaat hat insofern ausgedient, da es die Machtstrukturen und Machtkartelle so nicht mehr gibt. Das Gegenteil ist eingetroffen: Die Basis überwacht die Regionalparlamente. Der Informationsfluss geht ja auch von ‚unten‘ nach ‚oben‘.“

„Zu meiner Zeit wird das Internet von großen kapitalistisch organisierten Multis wie Google, Apple oder Amazon beherrscht. Hat sich das geändert?“

„Natürlich! Stellen Sie sich vor, Frau Alisya, wenn kaum jemand mehr bei den großen Internet-Playern Werbung bestellt oder einkauft oder postet, dann löst sich das Problem von selbst. Der Zugang zum Internet wurde für jeden Mann/jede Frau kostenfrei. Die Jugend konnte daher ihr eigenes Netz aufbauen: Alles wird geteilt! Die Welt ist ein offenes, transparentes System geworden. Lange Zeit glaubten viele Wirtschaftswissenschaftler, dass exponentielles Wachstum in einer begrenzten Welt für alle Zeit möglich sein muss. Was für ein Schwachsinn! Die Natur zeigt uns doch die Grenzen auf! Anstelle der Wirtschaft – gemeint ist der Profit – sollte die Menschlichkeit wachsen! Ganz einfach! Wachstum findet nur mehr in der Breite statt, indem Videos oder erneuerbare Energie geteilt und weitergegeben werden. Mit 3D-Druckern können die Menschen heute viele Produkte zu Hause herstellen, so wie sie gebraucht werden, einfach nur auf Basis einer digitalen Blaupause. Selbst Fahrzeuge und Häuser werden bereits mittels 3D-Drucker hergestellt!“

„Gut, aber was geschieht, wenn diese neuen kooperativen Gemeinschaften als kommerzielle Unternehmen betrieben werden? Führt das nicht im Zweifelsfall zu einem noch extremeren Konsum- und Finanzkapitalismus, mit einer

neuen technischen Elite, die sich dann auf Kosten aller bereichert?"

„Das kann nicht mehr geschehen, denn es gibt keine Geldwirtschaft mehr. Kommen wir daher gleich zum Thema der geldlosen Gesellschaft: Zunächst ist zu sagen, dass eine geldlose Gesellschaft gar keine Utopie mehr ist. Sie hat ja auch vor ca. 160.000 Jahren die meiste Zeit nachhaltig funktioniert, als der Homo sapiens auf der Erde das Gehen erlernte. Erst heute wurde verstanden, dass wir auf unserem Planeten prinzipiell keinerlei materiellen Mangel haben. Wir können zwölf Milliarden Menschen locker ernähren, die Ressourcen sind ja vorhanden. Wie schon erwähnt, es geht nur um die Umverteilung. Jeder Mensch leiste seinen Beitrag zwecks persönlicher Entwicklung und einer nachhaltigen Entwicklung für das Allgemeinwohl. Ein Satz von Verfassungsrang!"

„Ist denn die geldlose Gesellschaft tatsächlich die Befreiung von der Dominanz durch das Finanzsystem? Und war sie überhaupt eine gewünschte Utopie?"

„Wie soll ich sagen? Das kapitalistische System produzierte enorme Warenmengen – oft unnötige – aber gleichzeitig war es nur marginal geglückt, die damit verbundene Lohnarbeit befriedigend zu gestalten. Nämlich so zu gestalten, dass sie auch freiwillig und mit Freude ausgeführt werden konnte.

In diesem Zusammenhang muss ich noch die Sklaverei erwähnen. Sklaverei ist leider kein Horrorrelikt aus der Vergangenheit. Bis in das Jahr 2030 wurden über 35 Millionen Menschen weltweit gezwungen, gratis zu schuften, sanktioniert von ihren Regierungen. Diese modernen Sklaven nähten Kleider, bauten unsere Handys zusammen, die wir in den USA und auch ihr in Europa zu Dumping-Preisen kauften. Diese Daten können sie alle im *Global Slavery Index* nachlesen. Untersucht wurde die Sklavenarbeit in mehr als 160 Ländern. Ja, da staunen Sie, Alisya, mir ging es genauso!

Was waren aber die Folgen von entwürdigender Arbeit? Die Zahlen von Depression und Burnout auf Grund von verlorenem Lebenssinn explodierten ja förmlich seit Beginn des Jahrhunderts. Gewinner war doch nur die Pharmaindustrie. Jegliche Lohnarbeit musste aus einer existenziellen Notwendigkeit und nicht auf Grund einer Berufung ausgeführt werden. Außerdem trug die Lohnarbeit zur Auf- beziehungsweise Abwertung der Menschen und ihrer erbrachten Leistung bei. Wer mehr Lohn bekam, wurde nach damals gängiger Ansicht als ‚wertvoller‘ angesehen."

„Wie leisten dann die Menschen einer geldlosen Gesellschaft freiwillig ihren Beitrag, um nicht gleichzeitig zu viele Konsumgüter für sich selbst zu beanspruchen?"

„Wir haben folgende Erfahrung gemacht: Wenn sämtliche Konsumgüter, die für das Leben benötigt werden, für jeden Menschen verfügbar sind, dann trägt überdurchschnittlicher Besitz auch nichts zum sozialen Prestige bei. Verkaufen geht ja ohne Geldwirtschaft auch nicht mehr. Die Menschen wurden aber motiviert, von sich heraus ihren Beitrag zu leisten. Gibst du mir, gebe ich dir, vereinfacht gesagt. Wer seine Gier noch nicht im Griff hatte und wesentlich mehr beanspruchte, als zu einem guten Leben für sich und seine Familie benötigt wurde, verlor die Anerkennung der sozialen Gemeinschaft. Diebstahl an Allgemeingütern wird mit sozialer Gegenreaktion in Form von Isolation gekoppelt mit Bewusstseinsentwicklung ‚bestraft'. Noch ein positiver ‚Nebeneffekt' der geldlosen Gesellschaft ist das rapide Absinken der Kriminalitätsrate. Kaum mehr Eigentumsdelikte!"

„Verstehe! Und die Motivation etwas zu tun ohne finanzielle Entlohnung, wie haben …?"

Dazu muss ich ein wenig ausholen! Die Menschen brauchten ein höheres Bewusst-Sein um überleben zu können. Ein neues Bewusstseinsmodell. Kurze Zusammenfassung: In diesem Bewusstseinsmodell kann man Folgendes sehr gut erkennen: Zu Ihrer Zeit, Frau Alisya, lebten die meisten Menschen – trotz des angeblichen Fortschrittes – auf der unreifen EGO-Stufe.

Auf dieser Stufe sind beruflicher Erfolg, Leistungsdenken, Ellbogenverhalten bis hin zum Mobbing dominante Verhaltensmuster. Gesellschaftlich wurden lange Zeit viele der egozentrischen Verhaltensmuster meist nicht hinterfragt, eher einfach übernommen. Auf dieser Stufe ist immer noch oft Gewalt im Spiel, verteidigt wurde also der Besitzanspruch, nicht nur mit Worten. Wir mussten also die Bewusstseinsstufen erhöhen, bis wir uns zwischen Bewusstseinsstufe sechs und sieben befanden. Diese Bewusstseinsstufen zeichnen sich durch eine hohe Reflexionsfähigkeit aus, was zu einer toleranteren und solidarischeren Lebenseinstellung beiträgt. Dazu als Beispiel:

Die Trennung von traditionellen Bindungen (Vereine, Politik etc.) und religiösen Anbindungen ist ein häufiges Zeichen ab Bewusstseinsstufe sechs. Ebenso die Wertfreiheit gegenüber allen Geistesströmungen. Auf der Suche nach tiefen liegenden Wahrheiten entsteht offenes philosophisches Denken. Karma-Bewusstsein (Körper-Seele-Geist-Prinzip) wird zum gelebten Verhaltensregulativ: Was ich säe, ernte ich!

So, liebe Alisya, dann wären wir alle ja sogenannte *Gutmenschen* geworden – so einfach war es aber nicht – es war ein langer und sehr mühsamer Prozess – und er ist noch lange nicht abgeschlossen. Um als Mensch in der Bewusstseinsentwicklung bis zur Stufe sechs oder sieben zu gelangen, müssen allerdings auch die Bewusstseinsstufen eins bis fünf verstanden und gelebt worden sein.

Sie sehen also, die Motivation zur Arbeitsleistung kommt aus dem Wunsch, sich an Projekten zu beteiligen, welche im Einklang mit dem neuen Weltbild, mit dem neuen Bewusstsein stehen; etwas Positives für die Gemeinschaft und die Umwelt bewirken zu wollen. Der Sinn einer Tätigkeit besteht auch darin, dass sie Freude bereiten kann. In Folge wurde auch ein Stück Lebenssinn erkannt und gelebt, ganz einfach! Der ‚Lohn' ist nicht mehr Geld oder Konsum, sondern Anerkennung, Zuwendung und Freundschaft der sozialen Gemeinschaft, mit dem Wissen, dass alle füreinander da sind. Es geht nur durch Miteinander und Füreinander! Die Ko-

Evolution, ist ja nichts Neues, die geglückte Umsetzung im 21. Jahrhundert ist neu."

Das grenzt wirklich an ein Wunder, wenn ich darüber berichte, das glaubt mir niemand!

„Alisya, Sie schütteln den Kopf, aber es war doch so: In einer geldbestimmten Welt haben die Menschen ihre produzierten Waren und Dienstleistungen jenen angeboten, die dafür das meiste Geld auf den Tisch legten, war doch so. Wer über genügend Geld verfügte, bestimmte, wie viel von welchem Produkt für wen produziert wurde und wer dafür welche Entlohnung bekam. Der Marktwert der Lohnarbeit richtete sich nicht danach, wie hoch die erbrachte Leistung tatsächlich war, sondern wie sehr diese dem Unternehmer zu noch mehr Profit und Macht verhalf. Die Unternehmer sprachen dann oft in gönnerhafter Weise von Arbeitsplatzbeschaffung, als wäre Ausbeutung eine soziale Geste.

Hingegen in einer geldlosen Gemeinschaft bieten nun die Menschen ihre Waren und Dienstleistungen vor allem jenen an, die sie auch brauchen oder deren Gegenleistung sie dadurch belohnen wollen, ohne Geld, versteht sich. In verantwortungsvolle Positionen gelangen dann nicht Leute, die sich davon ein hohes Einkommen versprechen, sondern jene, die genügend andere davon überzeugen können, mit ihren Fähigkeiten genau in dieser Position durch ihre Berufung am besten für das Gemeinwohl beitragen zu können. Klingt gut, war aber zugegeben sehr komplex in der Umsetzung. In der geldlosen Gesellschaft hatten wir einige Hürden zu nehmen: Unangenehme Arbeiten oder Schwerarbeit

musste durch KI-Roboter getan werden, wir bauten
diese Roboter, weil es Sinn machte und für alle ein
Gewinn war. Trotzdem blieben noch genug Tätig-
keiten, die in der Geldwirtschaft keine hohe Anerkennung hatten und für die noch keine geeigneten
Roboter zur Verfügung standen: Manche Reini-
gungsarbeiten oder Dienstleistungen wie Pflege-
dienste etc. wurden durch das Rotationsprinzip[29]
gelöst. Diese Menschen wurden besonders wertge-
schätzt, bekamen auch besondere Zuwendungen
und – was ganz wesentlich war – jeder junge
Mensch musste ein sogenanntes Sozialjahr absolvieren, einen Dienst für die Allgemeinheit. Jeder
kommt mal dran zu putzen oder jemanden Bedürf-
tigen zu pflegen, das stärkt auch das soziale Bewusstsein. Und noch etwas Wesentliches: Durch
den Wegfall des Geldes ist auch die Cyberkrimina-
lität stark zurückgegangen. Bedenken Sie, Alisya,
wir konnten in der digitalen Welt kaum noch die
Wahrheit von der Unwahrheit bzw. die Realität von
der Fiktion unterscheiden. Vor allem wurde ein
Großteil der Informationen gezielt verfälscht, um
Nutzer zum Kauf eines bestimmten Produktes zu
manipulieren. Über die digitale Problematik habe
ich ja schon ein paar Worte gesagt. Nur noch so
viel: Ähnlich wie die Qualität der angebotenen Informationen im Internet konnte auch der Schutz der
Identität und Authentizität eines Anwenders, z. B.
durch biometrische Verfahren, nicht mehr gewähr-

---

[29] Rotationsprinzip: Alle betroffenen Menschen erklären sich
bereit, abwechselnd auch unangenehme Arbeiten zu übernehmen.

leistet werden. Unser gesamtes Wirtschafts- und
Rechtssystem basiert aber auf der Fähigkeit, Menschen als unverwechselbare Individuen zu erkennen
und zu authentifizieren. Cyberkriminelle und Geheimdienste – man konnte sie nicht mehr voneinander unterscheiden – waren in der Lage, beliebigen
Identitätsdiebstahl zu betreiben. Durch den Wegfall
von Besitz und Geld ist das Motiv für solche Machenschaften weggefallen. Durch den Wegfall des
Geldes sind auch viele Arbeiten überflüssig geworden: Sämtliche Jobs in der Finanzbranche, Buchhaltung, Verwaltung, Eintreibung und Verteilung von
Steuergeldern und Sozialabgaben wurden überflüssig. Ebenso wurden Werbung und Marketing überflüssig, da keine Produkte mehr zum Kauf angeboten werden müssen. Sehr wohl gibt es Informationsportale über sinnvolle Produkte zum Tauschen, Leihen oder Teilen.

Niemand muss sich mit der Sicherung von Patentrechten herumschlagen, da alle Ideen und Informationen untereinander geteilt werden, so dass bei
Forschung und Entwicklung Synergie und uneingeschränkte Kooperation entstehen können – ohne
Konkurrenzneid. Dadurch wird automatisch gewährleistet, dass sich stets die allerbesten Konzepte
zum Wohle der Gemeinschaft durchsetzen."

**„Frau Prof. McKenzee, ich möchte mich für
Ihre Zeit und dieses Interview bedanken – ich
muss das alles erst mal verdauen. Wenn ich darf,
komme ich bei anderer Gelegenheit zu einem
weiteren Interview wieder? Vorerst, herzlichen
Dank!"**

„Bitte, gerne, einen Satz möchte ich Ihnen noch mitgeben: Ein großer Teil der WeltenbürgerInnen hat erkannt: Die Menschheit hat erst gewonnen, wenn unter den Menschen niemand mehr den Zwang verspürt, Gewinner sein zu müssen. Melden Sie sich wieder einmal, es war mir ein Vergnügen – und: Freuen Sie sich auf Ihre Zukunft, denn Sie haben eine!“

„Danke, das beruhigt mich wirklich sehr!“

ICH muss jetzt auch diese Trance beenden und aktiviere mein Tagesbewusstsein. Bin ich nun in der Buchfeldgasse? Ich nehme die Umgebung wahr. Ein Blick auf mein Handy bestätigt: 2019 – korrekt! Ich schalte mein Time Travel Memory ein. Bin gespannt, wohin mich diesmal die Reise geführt hat?

„… Frau Professorin McKenzee, es ist keine Täuschung, ich komme tatsächlich aus dem Jahr 2019 und bin angehende Wissenschaftsjournalistin aus Wien. Warum ich bei Ihnen gelandet bin? … "

Ich ‚schalte' mein TTM wieder ab. Oh, wow – dann war das doch kein Traum, sondern tatsächlich eine Zeitreise …

Diese Aufzeichnungen mit Frau Professor McKenzee möchte ich den Menschen unbedingt zur Verfügung stellen. Diese Informationen über die soziale und ökonomische Entwicklung großer Teile der Menschheit bis ins Jahr 2060 waren für mich sehr beeindruckend, deshalb *muss* ich einfach darüber berichten. Ob diese Zukunftsvisionen dann von den LeserInnen angenommen werden oder nicht, liegt nicht mehr in meinem Einflussbereich. Jedoch würde ich mir von Herzen wünschen, dass zumindest ein Diskurs über die Zukunft dieses Planeten ausgelöst wird.

Aber bevor ich über mein Interview mit Frau Prof. McKenzee berichten kann, muss ich mir einiges genauer durch den Kopf gehen lassen. Ich sollte noch einmal innehalten, um zu prüfen, ob es eine richtige Entscheidung ist, jetzt an die Öffentlichkeit zu gehen. Was ist, wenn meine Informationen der Wahrheit entsprechen und nicht Spinnereien einer

Zeitreisenden sind, wenn das also Realität wird, dann muss ich das publizieren, das muss doch einen Aufschrei der ganzen Menschheit auslösen … ich bin richtig aufgeregt!

ICH SITZE wieder in meiner Wohnung in der Buchfeldgasse, mache meine täglichen Morgenmeditationen, sie entspannen mich so wunderbar.

... Ich schließe meine Augen,
... im Hintergrund tönt leise meditative Musik,
... ich atme tief ein und langsam aus,
... mit jedem Atemzug sinkt mein Bewusstsein immer tiefer,
... tiefer ... und tiefer ...

... keine Zukunft, keine Vergangenheit,
... nur grenzenlose Bewusstheit,
... da ist sie wieder, diese Stille, diese Vertrautheit,
... das Schaukeln meiner Seele im leeren Raum,
... dieses wunderbare Leuchten, so weit, so nah,
... nur beobachten ...
... dieser herrliche Frieden, Loslassen von allen Gedanken
... nur im Jetzt sein,
... hier bin ich sicher, hier bin ich frei,
... ein friedvolles Gefühl,
... Was geschieht mit mir? ... Wer bin ich? ... Wo bin ich?
... kein Ich, kein Körper, kein Raum,
... keine Zeit, nichts Greifbares und doch alles so klar,
... Leere und Fülle,
... nur Wahrheit und schöpferische Weisheit,
... die Geburt der Wirklichkeit,
... nur Ganzheit, kein Außen, keine Grenzen,

... ewiges Licht ... Geschichten, die erzählen ...
Illusionen, die verschwinden ...
... nur Stille und Bilder im Jetzt ...

Ich weiß nichts, ich weiß so wenig, ahne und fühle aber um einiges mehr. Ich sollte es einfach nur schwingen lassen, das Nichtwissen, in seiner Zeitlosigkeit. Es ist so ähnlich wie mit dem spirituellen Bewusstsein oder einer spirituellen Intelligenz, mit deren Hilfe ich Sinn und Übersinnlichkeit erfassen könnte. Darüber muss ich jetzt noch schreiben, es ist anstrengend, aber wichtig. Spirituelle Intelligenz ist jene Intelligenz, mit deren Hilfe ich meine Handlungen und mein Leben in einen größeren, umfassenderen und ganzheitlichen Sinnzusammenhang stellen kann. Sie ist jene Intelligenz, mit der ich abschätzen kann, ob eine Handlung oder ein Lebensweg sinnvoller ist als ein anderer, eine Art Intuition. Nicht nur die Entscheidung für ein sinnvolles Leben, auch die Entscheidung für ein lebbares Leben, für das, was noch gelebt werden soll, findet auf dieser Ebene statt, wenn ich das richtig verstanden habe.

Ich spinne den Gedanken jetzt noch weiter: Vielleicht ist der Punkt, ein Quant aus dem Urknall oder von sonst woher, und wir alle haben eine Verbindung zu dem Quant, der uns in der Unendlichkeit der Zeit immer wieder begegnet, vielleicht ist das die Sehnsucht, die in einem irdischen Leben nie gestillt werden kann. Spiritualität als Einheit stiftende Intelligenz, vielleicht ist es das, was ich spüre. Es scheint, als wäre es die Sehnsucht nach dem Zurück zum absoluten Ursprung, zu dem, was geistig und emotional nicht mehr erreichbar ist – der Punkt, an dem die absolute Ruhe ihren „Anfang" genommen hat. Wie begrenzt ist dieses Denken? Menschen sind im Kern spirituelle Wesen, weil es uns drängt, grundlegende oder „letzte" Fragen zu stellen. Warum bin ich auf dieser Welt? Welchen Sinn hat mein Leben?

KEIN zeitvergeudendes Vorspiel, ich sitze bei der Vendetti, bin irgendwie aufgeladen. Sie ist so präsent, diese Angst vor dem Leben, dem beziehungslosen Leben, die Angst vor Begegnungen, die Angst vor Abwertungen, die Angst vor Einsamkeit, vor Unverständnis – eine fremdbestimmte Verlassenheit umklammerte mich. Jede Nacht, jede Zeitreise ein Sturz in neue Welten, in unbegreifliche Erlebnisse. Nur selten und dann nur mit letzter Kraft tippe ich ein paar Zeilen, ein Versuch Visionen in Worte zu kleiden. Ein Mensch, der nichts mehr zu verlieren hat, der den Mut hat, all das zu „sagen", was nur wenige hören wollen. Angst vor der Zukunft, wer hat sie nicht? Jetzt wird mir erst bewusst, dass es diese Leidenschaft, dieser Drang zur Wahrheit waren, die mich zur Frau Vendetti führten.

Das Licht wird schwächer, wenn sich die Erde dreht, elliptisch, unregelmäßig, verwirrt, verdreht, axial und schräg, dann eile ich hinunter zur Schwarzspanierstraße.

„Alisya, verzeihen Sie, aber Sie kommen mir so gehetzt vor, oder irre ich mich da?"

„Sie irren nicht, Frau Vendetti, ich fühle mich nicht richtig anwesend – im Leben, meine ich. Lebe ich mein Leben? Vielleicht ist es das? Ich hatte letzte Nacht wieder einen Ausflug, ich besuchte Frau Prof. McKenzee in den USA – es war erhellend, verwirrend und erschreckend zugleich.

Was meine psychische Verfassung betrifft, hat sich nun doch einiges geklärt. Es war die Verzweiflung, welche mich oft in den Bann negativer Gedanken trieb, ich fühlte mich verlassen von dieser Welt.

Ich dachte immer, mein Verstand und mein Einfühlungsvermögen wären mir Hilfe genug, um mit meinen Wahrnehmungen zurechtzukommen. Was für ein Irrtum! Ich wollte doch nur Erkenntnis. Mir fehlte trotz meiner Fähigkeiten die wahrhaftige Spiritualität, der Glaube an höhere geistige Mächte, an Gott, ja, das fehlte mir, ich fühlte mich einsam, ja ich … ich wollte mir selbst durch Aufklärung helfen … fühlte mich nicht … ja, vielleicht nicht verstanden.“

„Von wem nicht verstanden?“

„Von mir selbst, von anderen … von … ach ich weiß nicht … ja, genau, es gab eine Zeit, da fühlte ich mich ungeliebt, unverstanden und einsam, verfluchte meine Hellsichtigkeit, ich wollte doch nur akzeptiert werden! Verdammt, ist das denn verboten? Wissen Sie, Frau Doktor, was ich bei Frau Prof. McKenzee erfahren habe, war schon sehr heftig. Über die Zukunft unseres Planeten meine ich. Macht und Gier werden diesen Planeten an den Rand der Selbstzerstörung drängen. Wieso gibt es so viel Böses auf der Welt? Woran erkrankte diese Welt? Das frage ich mich schon lange. Bin ich zu naiv, oder was?“

„Gute Frage, Alisya, – übrigens – ich schätze es durchaus, wenn sie Emotionen zeigen. Ja, das *Böse* resultiert aus einer noch sehr tiefen Entwicklungsstufe des Menschen. Auf dieser Stufe hat der Mensch keine Hemmungen seiner Aggressivität und seiner Destruktivität ohne Bedenken Ausdruck zu verleihen. Es fehlt die innerliche Reife, könnte man sagen, er lebt unreflektiert seinen Egoismus und seine Schattenseiten aus. Dadurch verursacht der Mensch natürlich viel Leid und Zerstörung."

„Verstehe, …die niederen Bewusstseinsstufen. Prof. McKenzee sprach auch davon und das ist jetzt die positive Nachricht: Bis so in die Mitte des 21. Jahrhunderts wird durch eine gemeinsame Anstrengung Frieden und Solidarität durch die Anhebung des allgemeinen Bewusstseins stattfinden, ich kann es gar nicht glauben. Können Sie an diese utopische Entwicklung glauben? Das beschäftigt mich schon sehr, diese Zeitreisen. Vielleicht sind das alles nur Projektionen eines schizophrenen Gehirns, vielleicht bin ich tatsächlich verrückt?"

„Eines, Alisya, kann ich Ihnen versichern: Sie sind bestimmt nicht verrückt oder schizophren. Ihre Zeitreisen sind ganz normale Fähigkeiten für Menschen mit Ihren Begabungen, damit sind Sie nicht alleine, glauben Sie mir.

Zurück zur *Liebe*, zu Ihrer Selbstliebe, denn das hat sehr viel mit Ihrem Selbstwert und mit dem Vertrauen zu tun – dem Urvertrauen in die göttliche Führung. Sie können Ihren Fähigkeiten und Ihren Erfahrungen vertrauen!

Gestatten Sie mir deshalb, dass ich jetzt auf den Punkt komme. Wie soll ich es nur formulieren? …Alisya, es braucht schon Mut, um vom Hochmut zur Demut, zur wahren Anteilnahme, zur Herzenswärme und letztendlich zur bedingungslosen Liebe zu gelangen. Das wird jetzt schwierig für Sie, Alisya, aber bitte, halten Sie durch. Vertrauen Sie mir! Ich spüre, wir sind da jetzt an einem ‚wunden Punkt' gekommen, den möchte ich gerne ansprechen: Welche *Liebe* haben sie vorhin gemeint? Ich frage deshalb, weil unter dem Begriff *Liebe* findet man die unterschiedlichsten Interpretationen. Ist es die narzisstische *Liebe*, das reine egoistische Begehren und Besitzenwollen? Oder die infantile Sehnsucht des Kindes nach der Elternliebe? Dabei geht es doch zuallererst um die Fähigkeit zur wahren Selbstliebe, der *Liebe* zum SELBST, das sollte immer der erste Schritt sein. Erwarten Sie nie die *Liebe* von außen, sie kann Ihnen Ihre *Liebe* zu sich *selbst* – das konstruierte Ego-ICH ist hier nicht gemeint – nicht ersetzen. Alle Erwartungen sind Illusionen eines Gehirns, das auf einem Belohnungssystem aufgebaut ist. Streng genommen ist eine Beziehung unter Menschen, die nicht aus der wahren hingebungsvollen *Liebe* erwachsen ist, immer nur ein Geschäft. Gibst du mir, so gebe ich dir. Der Homo oeconomicus in uns allen ist sehr mächtig, er macht sogar mit der *Liebe* ein Geschäft, wenn das Herz nicht dabei ist. Schon wieder so eine Kränkung, die oft schwer zu ertragen ist."

„Stimmt, dieser ganze Planet ist ein riesiges Geschäftsmodell."

„Eine tiefe Frustration spüre ich da, Alisya ... aber zurück zur *Liebe*: Erst nach dem Erleben Ihrer wahren *Selbstliebe*, Alisya, entwickelt sich die erwachsene reife Fähigkeit zur Hingabe, der Wunsch, andere ‚glücklich' zu machen, das Bemühen, die notwendigen Bedürfnisse der anderen in Demut zu erfüllen. *Liebe* ist Wertschätzung, ist Respekt den Mitmenschen gegenüber, und das aus tiefster Überzeugung. Der Wunsch, anderen Menschen beizustehen, sollte aus tiefstem Herzen kommen, aus dieser Herzensliebe. Zu dieser wahren *Liebe* zu gelangen, ist ein langer Prozess, liebe Alisya.

Ich stelle Ihnen jetzt zwei Sätze zum Thema Liebe zur Verfügung: Ich brauche Liebe! Ich bin Liebe! Gehen Sie in sich, spüren Sie die unterschiedliche Wirkung?"

„Das ist wirklich starker Stoff, Frau Doktor, aber Sie haben Recht, ja, da ist ein wesentlicher Unterschied. Mütter und Väter können mit Ihren Besitzansprüchen, mit Ihren Erwartungen jede *Liebe* töten, ich habe das alles erlebt – danke!! Das will ich jetzt aber nicht noch mal vertiefen."

„Oder vielleicht doch, Alisya?"

„Gut, ich will es versuchen, ich muss da offensichtlich noch mal rein ... Es geht um meinen Vater. Ich hatte unlängst eine Art Begegnung mit ihm, eine rein virtuelle natürlich. Seine Seele ist mir in einer Meditation begegnet. Ich war an einem Pool – eigenartig? Vom Gefühl her ging es um Demütigung, ja, um Demütigung und Verlust der Selbstachtung. Sie erinnern sich vielleicht an die Geschichte, als ich damals, noch als Kind, mit der *Leukämie* bei Ihnen war? Die Geschichte mit meinem Vater, ich war damals sieben oder acht Jahre alt, meine Mutter, sie arbeitete als Krankenschwester, war oft im Nachtdienst. Mein Vater nutzte die Gelegenheit, kam mich nachts immer besuchen, meist betrunken, er wollte sein Vergnügen, Sie kennen die Geschichte ja! Heute weiß ich, da wurden die übersinnlichen Fähigkeiten in mir geweckt. Ich flüchtete in eine andere Welt, flehte um Hilfe, sah Engel,

geistige Wesen, alles dort war so hell und freundlich. Ja, ich war einfach weggetreten, weg aus meinem Körper.

„Es war wichtig für Sie, dieses Trauma Ihrer
Seele nochmals bewusst zu machen, das haben Sie
sicher schon reflektiert. Es war schrecklich, dieses
Erlebnis mit ihrem Vater. Was auch immer Sie an
falscher *Liebe* bekommen haben und wohl auch als
Demütigung und tiefe Kränkung empfunden haben.
Sie haben losgelassen, haben Ihr Herz geöffnet und
vergeben. Dadurch kann Ihr Herz wieder den notwendigen Freiraum bekommen, um den ersten
Schritt der wahren Selbstliebe zu gehen. Denn die
Wurzel der meisten Erkrankungen liegt oft im gekränkten Herzen. Loslassen von den Ursachen, Vergebung und Verzeihen lernen! Ich habe es so oft erlebt in meiner Praxis. Nicht vergeben zu können, ist
die Basis vieler Probleme im Leben der meisten
Menschen. Traumatische Beziehungserlebnisse
sind die Ursache für Beziehungsstörungen, in Folge
entstehen dann oft Erkrankungen der Psychosomatik[30], der Beziehung von Seele und Körper. Diese
negative Energie belastet die Seele und verhindert
somit den Heilungsprozess. In all den Jahren ist mir
kaum ein wichtiges Gesundheitsthema begegnet,

---

[30] Mit Psychosomatik (*psyché* für Hauch und Seele und *soma*
für Körper, Leib) wird die Betrachtungsweise und Lehre bezeichnet,
in der die psychischen Fähigkeiten und Reaktionsweisen von Menschen auf das körperliche Wohlbefinden Einfluss haben. Ist der Ener-
giefluss zwischen Psyche und Körper gestört, kommt es zu psycho-
somatischen Erkrankungen. Als Krankheitslehre berücksichtigt somit die Psychosomatik psychische Einflüsse auf somatische Vor-
gänge.

das nicht ein Problem in Verbindung mit Kränkung und dem *Nicht-vergeben-Können* war. Hinter dieser ‚Unfähigkeit‘ versteckt sich häufig Ärger, Angst, Schuld, Trauer und Wut, manchmal auch gegen sich selbst gerichtet. Es gibt Menschen, die sich selbst oder anderen nicht vergeben können, es so empfinden, als ob Gott Ihnen nicht vergebe. Dieses *Nicht-vergeben-Können* hält die Erinnerung an die Kränkung wach, verhindert die Heilung. Diese Erinnerungen, dieser Hader mit Gott und dem Leben wirken zerstörerisch bis in die letzte Zelle des Körpers. Die Grundlage für ein erfülltes, zufriedenes Leben voller Liebe, Freude und Frieden ist unter anderem die Vergebung, und deshalb ist diese absolut notwendig für den Heilungsprozess. Das haben Sie gut gemacht, Alisya. Wissen Sie, es geht immer um die Fähigkeit, sich so anzunehmen, wie man ist, und um die Fähigkeit, Vergebung zu lernen. Und, bitte, Alisya, in Ihrer Aura sehe ich so viel Potential, sie wurden reichhaltig beschenkt, keine Sorge. Unterstützen Sie Ihre Seele auf dem Weg zur vollkommenen Entfaltung und Sie werden reichlich belohnt werden.“

„Wenn Sie es sagen ... nur: Es war nicht so einfach, zu vergeben, da gab es große Widerstände und Kämpfe in mir. Die Wut, sie haben es angesprochen, ist schon ein sehr mächtiges Gefühl. Ja, wie auch immer, ich konnte offensichtlich nicht damit umgehen. Die Wut, ja, ich konnte nicht vergeben – ja, ich gebe es zu! Ich werde ab nun befreiter sein, das spüre ich. Mehr Ruhe, mehr Gelassenheit, mehr Reflexionen, mehr Vergebung – einfach ein kleines

Wunder von Mensch – Sie verzeihen meine leichte Ironie?“

„Alisya, keine Sorge, Ihr SELBST weiß doch ganz genau, was sich in Ihnen entwickeln will, was wirklich Raum in Ihnen benötigt, was Sie aus Ihrer emotionalen Einsamkeit führt. Der Stress und die damit verbundenen negativen Erinnerungen in all Ihren Zellen, Sie werden sie neutralisieren, sie heilen lassen. Ein Anfang ist gemacht.

Ihr unermüdlicher Forschergeist wird der Menschheit die Augen öffnen, dazu brauchen Sie aber viel Kraft. Sie wollten immer mehr, sie wollten zum Grund, zum Ding an sich, zum Kern des Wahren, zum kosmischen Ganzen, das bestätigt auch Ihre Aura. Wie gesagt, sie sollten das tun, was Sie noch nie getan haben. Lassen Sie die negativen und unwahren Glaubenssätze los, all die destruktiven Erinnerungen, dann können Sie Ihr Leben mit Freude und Würde bis zu ihrem physischen Tod genießen.“

„Es ist angekommen, hier in meinem Herzen, ich spüre das sehr intensiv – danke!“

„Ja, aber da ist noch diese Wut, Alisya, sie ist …“

„Ja, ja, ja! Ich habe meiner Wut zu wenig Beachtung geschenkt, alles in mich hineingefressen! Aus Angst, ja, ich hatte Angst, nicht mehr geliebt zu werden. Es ist immer noch das alte Problem: Diese verdammte Angst vor dem Konflikt – wie oft habe ich das erlebt, es wurde mir täglich präsentiert. Nie hatte ich den Mut, sie hinauszubrüllen, die Demütigungen, die Ungerechtigkeiten in dieser Welt, die Kränkungen, die Enttäuschungen und vor allem meine Wünsche klar zu formulieren und zu leben. Ja, immer nur die anderen … lächerlich, einfach lächerlich – wie oft noch?"

„Das war jetzt gut, das war sehr gut, Alisya, jetzt haben Sie richtig Dampf abgelassen – gratuliere! Ich glaube jetzt haben wir den Punkt erreicht, um für heute auf der verbalen Ebene Schluss zu machen. Ihrer Seele, Ihrem Unbewussten ist jetzt alles bewusst. Ich werde jetzt, wenn sie gestatten, noch ein paar Harmonisierungsprozesse durchführen. Dazu wird es notwendig sein, dass ich Sie mit meinen Händen fast berühre. Abschließend machen wir dann noch eine geführte Meditation – gut?"

Ich stimme einer Harmonisierung zur Unterstützung des Selbstheilungsprozesses zu. Vendetti setzt sich neben mich und legte die eine Hand auf meinen Herzbereich, die andere Hand auf meine Stirn und murmelte für mich unverständliche Worte. Es dauerte einige Minuten. Ich spürte wieder so ein Kribbeln am ganzen Körper. Es war genauso, wie ich es damals als Kind erlebt hatte, ein befreiendes und wärmendes Gefühl.

„Danke, das hat gutgetan, Sie haben goldene Hände."

„Ihre Seele, Alisya, wird Sie jetzt mit Unterstützung der geistigen Welt bewusster durch Ihr Leben begleiten."

„Ja, ja, alles gut, ich fühle mich jetzt schon um 100 Kilo leichter. Noch eine letzte Frage: Was bedeutet das ewige Leben für unsere Seele?"

„Ich persönlich glaube, dass wir Menschen und somit auch unsere Seele ‚auf Zeit' im irdischen Sein konzipiert wurden, um dann in ein höheres, nicht mehr erdgebundenes Sein einzutreten. Uns über dieses ‚Angelegtsein' hinwegzusetzen, mit künstlichen Eingriffen in die Schöpfung, würde meiner Meinung nach bald zu einer psychischen Ermattung führen oder eben todunglücklich machen. Denn der physische Tod ist letztendlich der Eintritt ins wahre Leben."

Frau Doktor Vendetti, macht noch einmal Handauflegungen, platziert aber diesmal ihre beiden Hände seitlich an meinem Kopf. Und wieder bekomme ich Gänsehaut am ganzen Körper, ein wohliges Gefühl. Danach nehmen wir beide eine bequeme Sitzhaltung ein, Frau Vendetti legt berieselnde Meditationsmusik ein, fragt mich noch nach meinen vorrangigen Zielen im Leben und beginnt mit einer geführten Meditation:

„Ich schließe meine Augen …

… ich atme tief ein und langsam aus …

… ich spüre, wie der Atem tief in meine Lungen strömt, jetzt … in diesem Augenblick …

… ich bleibe mit meiner Aufmerksamkeit ganz bei mir …

… alle meine Muskeln sind locker und entspannt …

… all meine Gedanken gleiten dahin wie die Wolken am Himmel, ich halte nicht an ihnen fest …

… ich atme wieder tief ein … und aus … ich bin Körper, Seele und Geist …

…

… mit jedem Atemzug sinkt mein Bewusstsein immer tiefer, tiefer und tiefer …

… ich bedanke mich bei allen Organen, allen Zellen meines Körpers, meiner Seele, den geistigen Helfern und Gott für ihre Energie und das Bemühen, diesen Körper gesund zu erhalten …

… seelischer Hunger und innere Bedürftigkeit haben mich belastet. Alleinsein war schwer zu ertragen! Niemandem konnte ich mich aufrichtig mitteilen … Bedürftigkeit war der Mittelpunkt meiner Welt … Daraus entstand eine Kommunikationsstörung mit der inneren Führung … Aber: Ich hadere nicht mehr mit meinem Schicksal …

Meine Seele darf auf ihrem Weg zur Vollkommenheit durch diese Erfahrungen lernen.

… Ich bin jetzt wieder an mein höheres Selbst, an Gott angebunden … aus tiefstem Herzen vertraue ich auf die göttliche Führung. Ich entscheide mich, Verantwortung für alle Aspekte meines Lebens selbst zu übernehmen und unterstelle mich meinem göttlichen Lebensplan … Ich lerne, meine Bedürfnisse zu erkennen und sie zu nähren. Um meine Restlebenszeit entsprechend meinem Lebensplan und meiner Bestimmung zu verbringen, brauche ich Mut und Konsequenz …

… mit Gelassenheit und Freude will ich ab nun mein Tagwerk beginnen …

… um meine Bestimmung zu erfüllen …

… meine Bestimmung, mein Sinn in dieser Inkarnation ist es, meine Seele bei der Entfaltung auf dem Weg zur Vollkommenheit zu unterstützen …

… liebe Seele, ich bin für dich da und mit Gottes Hilfe durch den heiligen Geist werden wir diese Vollkommenheit erreichen …

… und wenn es für dieses Ziel notwendig ist, meine Berufung als aufklärende Journalistin aus vollem Herzen zu leben … dann tue ich das …

… und wenn es für dieses Ziel notwendig ist, eine Artikelserie und ein Buch über die bevorstehenden Jahrzehnte, das ewige Leben und die Gesellschaftsentwicklung zu schreiben, dann tue ich das und schreibe daran mit Freude …

… denn es ist notwendig, die Bewusstseinsentwicklung der Menschen zu fördern … damit alle Seelen Vollkommenheit erreichen … um ein friedvolles Miteinander zu leben

… ich bitte nun um heilende Energie und Information von der höchsten Ordnung, um durch den Willen Gottes diese Aufgaben in Demut erfüllen zu dürfen …

… ich freue mich auf die kommenden Tage, auf dieses wundervolle Geschenk …

… danke für die Energie und die Information, um mein Werk zu gestalten …

… mit jedem Atemzug sinkt mein Bewusstsein immer tiefer und tiefer …

… ich bin Körper, Seele und Geist …

… mein Sein ruht nun in diesem Augenblick, mit Achtsamkeit auf dem, was ist und kommen mag …

… langsam öffne ich meine Augen und atme tief durch …

Es war so schön! Für mich ist nun klar, wie es um mich steht und woran ich noch zu arbeiten habe. Die Frage, die mich am Nachhauseweg beschäftigt, ist: Wie soll ich den dialektischen Spagat zwischen reduzierten wissenschaftlichen Erkenntnissen und revolutionärer „grenzenloser spritueller Denkweise" schaffen? Wie erkläre ich einem interessierten Publikum eine Komplexität, die aus den Tiefen einer grenzenlosen Bewusstheit erwachsen ist? Die aus dem „Geistigen" kommt und in ihrer Fülle alles bestimmt, wie die schwarze Energie in einem schwarzen Loch, das alles verschlingt? Meine LeserInnen erklären mich doch für verrückt!

Strenggenommen dachte ich dann, ist das ein Kompliment. Vielleicht bin ich nicht die Einzige, die versucht, so zu denken. Die „Verrücktheit" ist doch die ehrlichste Erkenntnis, die aus einer reflektierten „Normalität" erwachsen kann. Es ist nur ein Perspektivenwechsel! Man sollte nicht mit jemandem diskutieren, der etwas auf Grund der ihm oder ihr gegebenen Fähigkeiten einfach „besser" weiß.

Was mache ich denn schon? Ich schreibe aus meiner Sicht die Wahrheit, schreibe über das, was uns in Zukunft bevorsteht – aus, Punkt. Wer schreibt, lebt die bewusste Veränderung. Alles ist Schwingung, die Liebe, die Musik, das Wort. In dieser scheinbaren Banalität liegt so viel Tiefgang. Wo kommt das jetzt her? Schreiben ist Lebenszeitgewinn, da es immer in der Gegenwart stattfindet. Die Gedanken fliegen ja davon, wenn sie nicht festgehalten werden – aber manchmal ist das auch gut so.

Warum habe ich jetzt so ein Gefühl, dass ich verstehen – nein, erkennen könnte, was sie ist, die grenzenlose Bewusstheit? Wenn sich dieser Raum für mich öffnet, was er ja offensichtlich tut, um meine Zukunftsvisionen zu ermöglichen, dann ist diese erweiterte Wahrnehmung ja erlaubt, dann fühle ich mich wie ein Beobachter im Traum, wie ein Quantenhologramm schwebe ich als „Falke" in einer undefinierbaren Bewusstheit, dennoch scheint alles so klar, so schön, so belastungsfrei. So, als wäre das Undenkbare keine Illusion, die Erkenntnis von Wahrheit kann keine Illusion sein, das scheinbar „reale Leben" ist dann die Illusion. Bin ich wach oder noch in einem Traum, oder bin ich gerade dabei, wahnsinnig zu werden? Wenn ich all meine Gedanken und Empfindungen einem Psychiater erzählen würde, wäre ich wahrscheinlich ein klarer Fall einer schizophrenen Erkrankung.

Keine Angst, ich bin gesund und ganz klar, sonst hätte ja die Vendetti ganz anders reagiert. So ist das eben, wenn man hellsichtig ist, wenn man sich mit der grenzenlosen Bewusstheit einlässt. In welcher Sprache soll man übersinnliche Fähigkeit kommunizieren?

Wie sagte Ludwig Wittgenstein trefflich: „Die Grenzen meiner Sprache bedeuten die Grenzen meiner Welt." Sprache erzeugt eine Wirklichkeit, schafft eine Existenz, nur weil wir daran glauben. Demnach existieren Geld, Eigentum, Regierungen, Gesetze, nur weil Menschen daran glauben und entsprechend handeln? Die Menschenrechte existieren ja auch nur, weil wir daran glauben. Ein Menschenrecht ist ja kein Naturgesetz, wie der Magnetismus! Ich, oder besser wir Menschen brauchen unsere Sprache, brauchen die absolute Redefreiheit, sonst kann sich die Menschheit nicht weiterentwickeln!

Ja, ich muss über das Schöpferische, über die grenzüberschreitende Kreativität sprechen. Ich muss darüber berichten, was Einsicht und weises Handeln bedeuten, um Zukunftskatastrophen zu verhindern. Geht das überhaupt? Wäre das ein Eingriff in den göttlichen Plan? Wir lernen nur aus dem Schmerz, hat die Vendetti gesagt. Die ganze Erde steckt demnach in einer Heilkrise! Wie grausam ist diese Erkenntnis?

Ich stehe unter Druck, ich muss, nein, ich will mich entspannen. Ich will zur Verfügung stellen, was ich mir mühsam erarbeitet habe, das ist mein Auftrag, deshalb bin ich hier auf diesem Planeten. Ich bin an meine Grenzen gegangen. Welche Grenzen müssen noch überschritten werden? Die Grenzen meines konditionierten beschränkten Geistes, das hat Vendetti doch gemeint. Zwischen den Gedanken existiert noch ein anderes Sein. Die erweiterte, die reine, unendliche Bewusstheit.

Wo bin ich? In welche Welt habe ich mich da entführt? Wer denkt da? Ich bin verwirrt, ich verrenne mich. Das soll verstehen, wer will, darüber sollte ich noch nachdenken, was schwierig wird, wenn ich mich zwischen den Gedanken befinde. Es geht aber nicht nur um rationales Verstehen, es geht um die Bereitschaft, sich für jene Abläufe zu öffnen, die ich in ihrer Vielfalt und Eigendynamik noch nicht verstehe, wenn ich Vendetti richtig verstanden habe. Wie kommuniziert man etwas, dass sehr schwer zu kommunizieren ist? Das hatte ich doch schon. Diese grenzenlose Bewusstheit auch anderen zugänglich machen zu wollen, wird zusehends zu einer Bürde.

Die evolutionäre, grenzenlose Bewusstheit existiert nur in ihrer Eigendynamik. Eure Wahrnehmung ist nur eine Abstraktion der Wirklichkeit! Die formellen und informellen Prozesse wuchern in sich und aus dem Nichts heraus – es entsteht etwas aus dem Geistigen, manche nennen es Leben. Aus phänomenologischer Sicht ist alles Entstandene und Greifbare eine illusionäre Bewusstseinstäuschung, die nur deshalb funktioniert, weil im Gehirn ihr Abbild gespeichert ist. Ich dachte immer, es geht doch um die Symphonie des Lebens, die Komposition im Leben, die Unendlichkeit der Möglichkeiten, um das Lebendige. Es ist wie Musik, sie wird geformt aus Werden und Vergehen, man kann sie nicht besitzen, im Anfang liegt ihr Ende. Der Ton ist nur eine Schwingung und dann noch eine, dazwischen ist die Komposition. Das Leben ist nicht nur eine intellektuelle, sondern auch eine übersinnliche Herausforderung, für mich auf alle Fälle! Nur dann wird es zum Kunstwerk, zum Nicht-Begreifbaren, so wie die Töne, wie die Musik.

Warum bin ich kein Musikstück geworden? Werden und Vergehen gefällt mir. Vielleicht bin ich nur eine Komposition und denke, ich sei ein Mensch, rein phänomenologisch betrachtet? Ich habe schon besser gelacht! Gut, vielleicht bin ich nur ein Fragment aus Verdis La Traviata, warum nicht? Dennoch fühle ich in dieser Vielfalt eine Vorbestimmung. Ist alles vorbestimmt? So wie die Atmung, der Herzschlag, jetzt auch noch meine Gedanken, meine Bilder?

Ja, ja, ich bin nahe dran, das spüre ich ... ich spüre, wie es mich hinzieht, zu dem Ort, wo das Nichtgedachte seinen Ursprung hatte, das ist es, ich habe es, ich kann es noch nicht ganz verstehen, ich weiß, ich kann es noch nicht ganz begreifen, aber es ist da! Wo bin ich? Dieses Ringen, dieses Kämpfen um Worte der Verständigung – was ist leidvoller, was ist schöner? Ich schreibe das alles auf – egal – verstehen – nicht verstehen – wer kann schon das Leben in seiner Gesamtheit verstehen?

Ich brauche aber ein Konzept, diese Selbstgespräche, das glaubt mir niemand: „Sie ist dem Wahnsinn verfallen", werden sie sagen, und vielleicht haben sie Recht. Ich spreche mit der „unbegrenzten Bewusstheit", mit der geistigen Welt, mit „Gott", auf meinen Reisen mit McKenzee, dann spreche ich wieder mit einem anderen ICH, dabei gibt es gar kein reales ICH, also doch eine Kommunikation auf einer virtuellen Ebene, die sich in ihrer Eigendynamik immer wieder neu erfindet. Subjektivität ist eben nicht vermittelbar. Im Nichts ist alles vorhanden. „Liebe Freunde", werde ich beginnen, „die Zukunft gehört euch, macht was daraus. Verleugnet, was ich euch berichte, oder zieht Konsequenzen. Wenn die Vorsehung meine Intervention eingeplant hat, könnt ihr noch was tun, vielleicht das eine oder andere Ereignis verändern, wenn nicht, dann wird die Welt nicht untergehen, die Menschheit vielleicht schon!

Wie arrogant klingt das denn? Nein, das darf ich nicht schreiben, oder doch? Ich lache in mich hinein – ein „verrücktes Lachen". Gut, genug geblödelt, ich muss meine Gedanken sortieren, mehr Konzentration auf das Wesentliche, auf das, was da ist, was jetzt in diesem Augenblick getan werden muss.

Auf dem langen Weg meiner Erkenntnis weiß ich nun, dass diese Welt nicht mein Besitz ist, sehr wohl weiß ich aber auch, dass sie mir zur Verfügung steht. Durch unterschiedlichste Eingebungen nehme ich diese Welt mit ihrer verborgenen Schönheit und Harmonie wahr. Ich bin nun mit allem Erlebten, allen Erfahrungen, mit all dem Wissen und Können, das ich auf meinem langen Weg meiner Persönlichkeitsentwicklung gesammelt habe, reichlich beschenkt worden. Ich fühle mich befreit von Bindungen an Personen, Gruppen oder irdische Güter. Ich fühle mich auch innerlich befreit, kann mich bestens Gewissens zu meinem *Sein* bekennen. Ich bin dankbar dafür, dass ich durch tiefe Erkenntnis den Weg meiner Bestimmung gehen darf. Durch diese neu gewonnene Einsicht habe ich wieder meine innere Freiheit erlangt. Ich darf nun auf dieser Entwicklungsreise an der Verwirklichung einer „neuen Erde" mitgestalten; ein Gefühl von Seligkeit umhüllt mich dabei; so habe ich Freude noch nie erlebt. Es ist mein *Seins*-Gefühl, das mich selig macht, in mir die Herzensfreude entfacht hat. Die Quelle meines *Seins*-Gefühls ist jedoch nicht mehr mein in früheren Zeiten aufgeblasenes EGO, meine eingebildete Wichtigkeit, meine Selbstzufriedenheit und Arroganz. Nein, im Gegenteil, mein *Seins*-Gefühl ist die Frucht meiner inneren Freiheit! Freiheit von den Wünschen und Vorstellungen meines EGO und den Anmaßungen meiner Person. Nur durch die Gnade, raum-zeitlose Erlebnisreisen in zukünftige Welten machen zu dürfen, konnte ich annähernd erfahren, was uns bevorsteht.

Freiheitsgrade … nur diese innere Freiheit führt zur wahren Selbstlosigkeit, zum wahren *Sein*. Inspirativ weiß ich nun, dass ich nur durch eine höhere Führung richtig handeln kann. Daher nehme ich keinen Erfolg, keine Anerkennung mehr für meine Person in Anspruch.

Menschen mit ihren Seelen, ihr Schicksal und das Schicksal dieser Erde betrachte ich daher nur in dem Sinn mit Gleichmut, als ich nicht die Absicht habe sie zu manipulieren, sie auch nicht nach meinen Bedürfnissen formen möchte.

Gerade deswegen sind mir Mitmenschen und das Weltenschicksal nicht gleichgültig. Ich weiß nun, dass ich Menschen nur dann wirklich helfen kann, wenn ich ihnen entsprechend ihren Bedürfnissen hilfreich zur Seite stehen kann. Deshalb ist es meine Bestimmung, die Menschheit über die Entwicklung in der Zukunft zu informieren.

Gleichmut bedeutet für mich auf dieser Entwicklungsstufe aber auch, das Urvertrauen wiederzuerlangen und in diesem Urvertrauen zu denken, zu fühlen und zu handeln. Dieses Urvertrauen wurzelt im Wissen, dass alles, was je Gestalt angenommen hat, in Gott aufgehoben ist. Denn Gott sorgt sich um jede Seele, mit größter Liebe, denn Gott ist Liebe. Er will, dass in seiner Welt alle Seelen die Vollkommenheit erlangen.

Es ist das Ein-Sein mit der Geistigen Welt, meine wahre Heimat.

Der Begriff Heimat hat sich für mich transformiert. Ich war immer auf der Suche, vielleicht auch auf der Flucht vor Kränkungen und Verletzungen, auf der Flucht vor Lügen, Illusionen und Täuschungen. Am Ende erkannte ich: Es war die Suche nach Wahrheit und der wahren Liebe, der Liebe zu mir selbst und dem Leben in all seiner Ausdehnung. Nicht zuletzt durfte ich über die spirituelle Erfahrung Wahrheit und Liebe erleben. Auf Grund meiner hellseherischen Fähigkeiten war ich – zugegeben – oft hochmütig, aber auch einsam. „Es braucht schon Mut, um vom Hochmut zur Demut, zur wahren Anteilnahme, zur Herzenswärme und letztendlich zur bedingungslosen Liebe zu gelangen", hat sie gesagt, die Vendetti. Wie Recht sie hat. Das göttliche Universum und die irdische Welt, die ich aus demütiger Distanz beobachte und erlebe, sind nun meine Heimat. Das Reich Gottes, ich finde keinen passenderen Begriff für das Unbegreifliche, für das Vollkommene, befindet sich in meiner Seele! So bin ich als Seele auch Bindeglied zwischen Körper, der geistigen Welt und dem Reich Gottes.

AUF meiner Reise durch die grenzenlose Bewusstheit habe ich erfahren, dass absolut nichts unmöglich ist, dass alles auf eine nichtmaterielle Weise im Geistigen schon vorhanden ist. Durch die morphogenetischen Felder, da ist die Form der Entwicklung schon generiert oder vorbestimmt, können nun unsere Wünsche manifestiert werden. Das Geheimnis bei der Manifestation der Wünsche besteht in der emotionalen Wahrnehmung der Existenz unserer Wünsche, wenn sie dem Wohle der Gemeinschaft dienen, also die vielgepriesene positive Nachhaltigkeit erfüllen. Das Besondere meiner Reise während meines ‚Todes' war, dass alles Erlebte und alles Erfahrene von höchster Liebe und Zuneigung getragen wurde. Und genau in diesem Sinne sollten Wünsche eingefordert werden, wenn sie manifestiert werden sollen. Ein weiterer Punkt, als Voraussetzung für die Erfüllung der Wünsche, ist die Frage: Bin ich tatsächlich frei von Abwertung und Demütigung anderen Lebewesen gegenüber, und lebe ich wirklich in Harmonie mit meinem gesamten Umfeld? Bin ich aus tiefstem Herzen fähig, anderen Wesenheiten vorurteilslos und mit Liebe zu begegnen? Das ist vielleicht die wichtigste Frage: Solange wir das ‚Negative' im Anderen fokussieren, haben wir uns noch nicht vom eigenen Schatten gelöst, da leben wir immer noch in negativer Resonanz.

Die Zukunft zeigte mir: Die Menschen konnten durch Bewusstseinserweiterung diesen Planeten doch noch retten. Vielleicht war das auch der Grund, warum es Maureen McKenzee und

SAVE&T.O.P. gelungen ist, den Großteil der Mitmenschen von dieser negativen Resonanz zu befreien. Dieses Bearbeiten und Loslassen des eigenen Schattens ist somit eine der Voraussetzungen für die Erfüllung meiner Wünsche. Um so weit zu kommen, musste ich meine Lehrmeisterin finden. Frau Vendetti ist eine vertrauenswürdige, wissende und erfahrene Persönlichkeit, die mich auf diesem Weg begleitet. Als ich dann so weit war, dass ich in Liebe und Harmonie mit meinem Umfeld in Einklang stand, konnte ich mit Achtsamkeit in der Meditation für die Erfüllung meiner Wünsche bitten.

Die Wut, der Hass, die Frustration, die Enttäuschung und die Angst werden erst dann aus unserer Welt verbannt sein, wenn wir fähig sind zu erkennen, zu verstehen, zu verzeihen, um wirklich lieben zu können. Jeder und jede Einzelne von uns muss durch Meditation tief hinabsteigen, um die Schönheit der grenzenlosen Bewusstheit zu erfahren. Leben ist Liebe. Liebe ist die Basis des Lebendigen, sonst wird alles zerstört! Eine der Grundlagen für ein wertvolles und unbeschwertes Leben voller Liebe, Freude und Frieden ist nun mal die Vergebung oder das Verzeihen, so ist das unter uns Menschen, falls wir diese Reife erreicht haben. Wer nicht kränkt oder gekränkt werden kann, braucht auch nicht zu verzeihen – Punkt. Das ‚Nicht-Vergeben-Können‘ zu heilen, ist für den Heilungsprozess der Menschheit aber absolut notwendig. Durch Gewalt wurde einfach zu viel Leiden verursacht. Wir fügen uns zu oft so viel Schaden zu – verbunden mit allen Arten von selbstzerstörerischen Gewohnheiten und Abhängigkeiten, sei es durch ungesundes Essen, Suchtmittel oder anderes. Auch die Ausbeutung anderer Menschen ist selbstzerstörerisch. ‚Wir lassen sie verhungern', betitelt Jean Ziegler sein Buch über die Hungerkatastrophen auf dieser Erde, kennst du ja sicher. Gier nach Geld und Besitztümern, gekoppelt mit dem Wunsch nach mehr Ansehen, ist letztendlich ebenfalls selbstschädigend. Das haben Millionen von uns Menschen in den letzten 25 Jahren leidvoll erfahren müssen. Diese Hungerkatastrophen und diese idiotischen Kriege machten mir große Sorgen. 2025 dachten wir, die Hungerkatastrophen durch ein Verbot mit Lebensmitteln an der Börse zu handeln, beseitigen zu können. So einfach wäre es gewesen! Manche Menschen glauben, sie müssen sich selbst schützen vor dem emotionalen Schmerz, indem sie arbeiten wie ein Tier und Geld scheffeln; sie müssen sich immer kontrollieren oder ablenken, müssen immer beschäftigt sein, um sich vor der Wiederholung von schmerzhaften Erfahrungen zu schützen. Die Suizidrate, sozusagen der ‚Kollateralschaden' der Leistungs- und Gewinngesellschaft auf diesem Planeten war, übers Jahr gerechnet höher als alle Todesopfer, die durch Kriege verursacht wurden.

Es sind die negativen Erinnerungen, die falschen Glaubensmuster, die unerlösten Konflikte, die immer noch zu viele Menschen belasten Diese Probleme veranlassen viele Menschen, das zu tun, was Leid verursacht. Die Erklärung, liegt darin, dass wir nicht das tun, was der eigenen Wahrheit, dem wahren SELBST entspricht. Trotzdem, ich bin überzeugt, Menschen können sich verändern, sie können schädigende Glaubensmuster und Handlungen loslassen, die sie davon abhalten, ihre Träume, ihre Visionen bezogen auf ihr Leben, zu gestalten. Menschen können sich dafür entscheiden entweder die negativen inneren Bilder abzustellen oder jene zu heilen, die in der Täuschung durch das EGO verwurzelt sind. Es sind Trugbilder einer falschen Selbstliebe, welche nur vorübergehend positive Gefühle erzeugen. Menschen können ihr Leben, wenn sie das wollen, in Wahrheit und Liebe verbringen. Und – Gandhi hatte schon recht: *Liebe ist wohl die demütigste Haltung, die einen Menschen auszeichnet!"*

MEIN ENTSCHLUSS steht fest: Ich werde einen Roman über alles Erlebte schreiben, egal wie es angenommen wird, ich muss es einfach schreiben und im Jahr 2019 veröffentlichen. In meinem Kopf oder wo auch immer, da gibt es so viel Erlebnisse, sie wollen wachsen, sprachlich umgesetzt werden, sie wollen entzaubert werden, wollen sich „reale" Räume erobern, entdecken, ja das ist gut, dort können sie gedeihen, die Erlebnisse, sie haben in dieser Welt noch keinen Ort. Meine Erlebnisse können nur durch meine Sprache eine differenzierte Form annehmen. Sprache ist der „Schauplatz des Unsichtbaren", schrieb Elazar Benyoetz sehr poetisch. Unsichtbaren Gedanken eine Form geben. Ich möchte einer undenkbaren Zukunft eine Gestalt geben. Alles was denkbar ist, ist auch realisierbar! War das Platon? Ich weiß es nicht mehr. Ich weiß aber wie Zukunft aussehen wird, wie Zukunft entstehen wird, wie Zukunft lebenswert wird. Genau darüber muss ich schreiben.

Im Raum der Vergänglichkeit bleiben sie dann erhalten, die Bilder der Sprachlosigkeit. Die Tiefe dieser Gedanken berührt mich. Damit will ich zum Ausdruck bringen, dass wir in der Meditation das Sterben „vorerleben" können. Wir können dabei dem nachspüren, was noch offen sein könnte vor dem Tod. „Oft ist ein guter Tod der beste Lebenslauf", sagte der schlesische Barockdichter Johann Christian Günther. Was ist ein guter Tod? Wieso denke ich jetzt über einen Tod nach, der ja ohnehin nur ein physisches Ende hat? Das Leben kann doch nur aus der Perspektive des nahenden Todes in seiner ganzen Tiefe empfunden werden. Wann ist die Liste der letzten Bedürfnisse abgearbeitet? Ein Leben ohne die Reflexion des Sterbens kann nicht wirklich gespürt werden. Es gab Momente, da überkam mich das Gefühl, ich müsse diesen Planeten von meiner Existenz befreien, ich bin als eine wahnsinnige Zeitreisende zur Belastung geworden. Der Tod ist das Steuerrad, das Ruder des Lebens, das kann ich so stehen lassen, so empfinde ich es. Ja, ich muss schreiben, ja, ich muss alles – und vor allem diesen Roman – schreiben. Ich möchte berichten, es ist meine Bestimmung! Ich werde meine Erlebnisse und Zeitreisen in einen Roman verpacken, das wird den Menschen einen leichteren Zugang ermöglichen. So lange ich schreibe, ringe ich dem Tod einen Tag nach dem anderen ab. „Das Bewusstsein der Sterblichkeit ist das Einzige, was dem Menschen Würde verleiht", sagt Friedrich Adolf Muschg. Von welcher Sterblichkeit schrieb er da? Der Mensch ist das einzige Tier, das über seinen Tod nachdenken muss. Könnten Tiere über uns Menschen abstimmen, sie würden wahrscheinlich diesen Planeten von uns befreien. Menschen sind gefährlich, sie dürfen über ihre eigene Vernichtung nicht nur philosophieren. Ich muss daher weiterschreiben. Die Buchstaben, Wörter und Sätze müssen durch eine Umsortierung aus dem Chaos in eine neue Ordnung geführt werden. Ein Satz, ein Wort erklärt sich nur über das emotionale Bild dahinter. Wie viel Gewicht hat ein Wort, ein Satz, wenn nicht alles gesagt werden darf, und wie viel, wenn alles Gesagte erlaubt wird?

Wer nicht mit seinem Blute schreibt, hat nichts geschrieben – hat Nietzsche, wenn ich mich recht erinnere, etwas pathetisch formuliert – gefällt mir. Blut ist Leben, und Leben ist die Manifestation des Geistes. Nur ein lebendiger Text entflieht der Sinnlosigkeit. Werde ich als Autorin überhaupt wahrgenommen? Wie wichtig ist diese Frage für mich? Ist die Literaturgesellschaft auch nur eine gewinnorientierte Bewertungsindustrie? Natürlich ist sie das, und sie darf es auch sein, so funktioniert das System. Auch die Kunst, auch die Literatur ist eine Hure. Wer will schon den Abgesang einer „Wahnsinnigen" lesen? Scheitern ist der Boden der Kreativität – nicht von mir, aber es stimmt. Ohne die Schaffenskrise, „… ohne den Absturz in die Verzweiflung gibt es keine Erkenntnis", hat er gesagt, wer, weiß ich nicht mehr. Schreib es nieder, schreib es mit der Kraft der Verzweiflung, gib der gekränkten Seele ihre Sprache zurück, dann gibt sie dir dein Leben wieder. Man sollte diese Welt nicht verlassen, ohne ihr die Musik des Lebens geschenkt zu haben! Das Verzaubernde an der Poesie sind ihre Zwischentöne, in ihren Zwischentönen konnte ich mich verlieren. Ich habe doch nie nur aus Spaß geschrieben – ich musste es einfach tun, sonst hätte die Einsamkeit den todbringenden Raum in mir erobert, mich erwürgt. Die Tragödie, sie muss erst geschrieben, dann vollzogen werden. Perspektiven verändern die Wahrnehmung, sie werden wieder „Sehen" lernen", hat mir die Vendetti gesagt, oder war es …? Damals wusste ich noch nicht genau, wie sie das mit dem „Sehen" wirklich meinte. Was entsteht da? Jetzt, in diesem Augenblick, da spüre ich so eine Gewalt in mir, so einen Druck, so ein Verlangen, so einen Hunger nach dem Lebensrest! Ja, über diesen Lebenshunger sollte ich schreiben. Die wahre Selbstliebe ist frei von Täuschung. Da kommt schon wieder so eine Trauer hoch. Ich denke zu viel, Gedanken belasten … wie banal, wie wahr.

Denkansatz: Woher kommen die Gedanken? Ich muss ja immer denken, immer denken, was ich sage, oder lieber nicht, selbst über das Nachdenken muss ich mir Gedanken machen, um ja nicht zu denken, was sich andere dabei denken, da denk ich, das sind doch nur Gedanken, die ich denke, die anderen können sich ja auch denken, dass ich denke, also denke ich, ich höre auf zu denken, da werden sie sich was denken, denke ich! Die Gedanken über das Denken gefallen mir, vielleicht sollte ich noch ein paar Gedichte schreiben, denke ich.

„Jeder Gedanke bleibt dem Universum erhalten und wirkt", sagte mein Meditationslehrer. Tugendhafte Gedanken zum Wohle aller – wer hat schon so viel Edelmut? Wo sind die Haltegriffe? Die Gedanken, sie sind da, auch die „bösen", ich lasse sie gehen, klammere nicht, manchmal kommen sie wieder, immer wieder. Es ist diese Leere dazwischen, dieser kurze Moment im Nichts, den genieße ich. Mein Meditationslehrer sagte: „Richte deine Aufmerksamkeit auf das, was zwischen den Gedanken mit dir passiert."

Und jetzt sitze ich da, weil ich schreiben muss, ja muss, deshalb schreibe ich diese Wörter, weil die Einsamkeit sonst unerträglich wird – und die Stille.

Wenn ich schreibe, mache ich etwas, ein handelnder Körper mit einem schreibenden Geist, der versucht, mit dem Verstand etwas verständlich zu machen – keine Ahnung, ich lasse es so stehen.

Bin im Jetzt, ja – nur im Jetzt, in diesem Augenblick. Wer soll das lesen? Ich werde es lesen, wer sonst, ich bin die Produzentin dieser Worte, dieser wunderbaren kulturellen Errungenschaft, wie auch immer das mit den Neuronen im Gehirn zustande kommen mag, es ist einfach fantastisch, es niederzuschreiben, sonst ist es weg, für immer, ich kann mir diese Gedankenflut nicht merken – wie auch, ich bin im Eintopf der Wörter gefangen. Eintöpfe sind Geschmackssache.

Ich sehe die Zweige des Lebens, die Blätter im Wind, ich beschreibe sie, die Blätter, meine leeren Blätter bis hin zu meinen Wurzeln. Die eigene Biografie spult sich immer wieder zurück. Wie weit zurück? In welche Tiefen meiner Generationen und Vorleben? Zurück bis zum Urknall? Da war so viel Licht, und jetzt sitze ich da in meiner Kammer, als schreibendes Licht-und-Schatten-Bündel.

Nein, ich bin und bleibe Mensch, mit allen Vor- und Nachteilen. Durch meine Begegnungen in naher Zukunft bin ich erkenntnisreicher geworden, habe wieder Hoffnung bekommen. Dieser Planet ist noch zu retten, trotz des unsagbaren Leids, das noch auf uns zukommt. Deshalb werde ich mich dafür einsetzen, die richtigen Dinge zu tun. Wir brauchen Freiheit und Gerechtigkeit. Maureen McKenzee hat gezeigt, wie wir sie erlangen. Dazu wird es unter vielen anderen wichtigen Aktionen bedeutend sein, der Digitalisierung, dem Internet der Dinge, die richtige Richtung vorzugeben, damit die Menschheit nicht noch mehr davon versklavt wird. Noch können wir der Digitalisierung unseren Stempel aufdrücken, sie für ein besseres Miteinander nutzen. Für eine Abkehr vom eingeschlagenen Wege ist es nie zu spät. Lassen wir nicht zu, dass Mikrochips unsere Herzen und unsere Seelen zerstören. Um dies zu gewährleisten, ist es unverzichtbar, dass alle BürgerInnen sich vernetzen und mit allen Entscheidungsträgern versuchen, die Folgen der Digitalisierung zu verstehen, sie für unsere Entlastung und nur dafür zu nutzen, um sie kontrolliert in die Alltagswelt zu integrieren. Wer im Meer der Digitalisierung nicht schwimmen kann, säuft darin ab, das ist gewiss. Der „Kampf" um unsere Zukunft, die Zukunft unserer Kinder, hat gestern begonnen. Die großen digitalen Konzerne sind dabei, unser aller Zukunft mit Dienstleistungen, Konsumschrott und konstruierten Lebensplänen zu unterwandern. Der wohlhabende und gierige Teil der Welt sieht dabei halbherzig und machtbetrunken zu. Wenn ich bei meinen Zeitreisen in die Zukunft unseres Jahrhunderts der Wahrheit begegnet bin, werden wir in einer Welt ohne Grenzen, ohne Hunger, ohne zerstörerisches Finanzsystem, in einer gesunden Umwelt und in Frieden respektvoll miteinander leben. Deshalb sollten wir im *Hier und Jetzt* nicht vergessen: Es liegt in der Hand der restlichen 95% der Menschheit, ob sie sich ihrer Zukunft durch die 5% von Macht und Gier betäubten Menschen berauben las-

sen. Alles ist noch möglich, packen wir es gemeinsam an!

157

Wer auf Veränderung wartet, wird sie verpassen.

Literatur

https://de.wikipedia.org/wiki

https://horstkrohne.de/2015/08/31/die-heilenden-kra%CC%88fte-des-geistes-verstehen

Hüter, Gerald, Bedienungsanleitung für ein menschliches Gehirn

Krohne, Horst, Die Schule der Geistheilung

Krohne, Horst, Dialog mit der Seele

Krohne, Horst, Geheimnis Lebenskalender

Kurzweil, Ray, Menschheit 2.0

Kornfield, Jack, Das weise Herz

Küstenmacher, Haberer, Gott 9.0

Lommel, Pim van, Nahtoderfahrung

Maslow, H. Abraham, Jeder Mensch ein Mystiker

Maxton, Graeme, CHANGE

Rifkin, Jeremy, Die Null-Grenzkostengesellschaft

Sheldrake, Rupert, Der Wissenschaftswahn

Warnke, Ulrich, Quantenphilosophie und Interwelt

Wilber, Ken, Integrale Spiritualität

Zimmermann, Peter, Apokalypse

Zimmermann, Peter, Alisya unsterblich

Über den Autor

Jahrgang 1954, lebt in Wien,
Gesundheitscoach, Autor

Die Lebensstationen von Peter Zimmermann:
Seine ersten Interessen galten der Atomenergietechnik, der Informatik; gefolgt von der bildenden Kunst hin zur Kunst- und Gestaltungstherapie, Supervision und Coaching; über Erkenntnisse der Quantenphysik und Quantenharmonie-Ausbildung folgt eine Annäherung an spirituelle Prozesse durch geistige und energetische Heilunterstützung nach Horst Krohne; als Autor und Selfpublisher hat er Romane und Sachbücher veröffentlicht (Roman: *Apokalypse,* erschienen 2015, *Alisya Unsterblich*, 2018);

www.alisya-roman.com